「お前、初めてか？」
「あ…たり前…だ」
「だったら、忘れられないぐらいによくしてやるよ」

覚悟をきめろ！

To walk side by side

いおかいつき

Illustration
石原　理

リーフノベルズ

この物語はフィクションであり、実在の人物・団体・事件等とは、いっさい関係ありません。

覚悟をきめろ！

プロローグ

「お願いします」

自分よりも目上の人間が六人も頭を下げている。大河内史貴《おおこうちふみたか》は自宅の玄関先だというのに居心地の悪さを感じて、その秀麗な顔に困惑の表情を浮かべた。日曜のお昼前、そろそろ昼食の支度をしようかというときに、この集団の訪問を受けた。同居している父親が早朝から趣味の釣りに出かけ居合わせなかったのが、史貴にとっては不幸中の幸いだった。

「とりあえず頭を上げてください」

頭を下げる集団の代表格ともいうべき、塩谷《しおや》の肩に史貴は手を添えた。塩谷はこの辺りの自治会長で、五十を越したばかりのまだまだ働き盛り、クリーニング屋を経営している。日頃は押しが強く、リーダーシップを発揮する塩谷に殊勝な態度で頭を下げられて、史貴の困惑は倍増する。

「お話はよくわかりました」

「それじゃ」

塩谷が嬉々として顔を上げた。

「いいえ、そうではなくて、主旨はわかりましたが、私には到底無理なお話です。政治のことはまったくの素人ですから」

「最初から政治のプロなんて、そうそういるもんじゃないでしょう。この間の総選挙でも元オリンピック選手やタレントが当選したじゃないですか。必要なのは政治の知識じゃなくて、政治を変えていこうという心意気だと思うんですよ」

塩谷の言うことは史貴にも理解できる。けれど、史貴にそこまでの心意気はなかった。史貴は期待に添えないことを申し訳なく思いながら、

「それなら私よりももっと適した方がいらっしゃるでしょう」

「心意気だけでも駄目です」

史貴が何を言っても、塩谷は聞き入れようとはしない。

「塩谷さん、おっしゃってることが」

「違いません。そりゃね、心意気だけなら、私たちもその辺の政治家には負けない自信はあります。でも、私たちが国会に行って何ができます？　市民を代表して不満を訴えても改善策は何も提案できない。でも、大河内さんには地域を救うための知識がある」

塩谷の周りにいる人間も、そうだそうだと頷いている。

「買いかぶりすぎですよ」

「大河内さんのおかげで、工場側も近隣海域の水質汚濁に工場から出る排水が関係していることを認めたんじゃないですか」

「私はただデータから導き出された結果をお話しただけですから」

大学時代、環境工学を専攻していた史貴は、卒業後は地元に戻り水産加工会社に就職した。その知識を買われ、高校時代の恩師の紹介で、プラスチック製品製造工場の排水が関係していると思われる水質汚濁で起こった住民運動に、相談役として招かれた。

「仕事が忙しいのに、私たちのために親身になって動いてくださって。自分の時間なんてほとんど取れなかったんじゃないですか？」

水産加工会社で研究員として働きながら、空いた時間を使って実際に工場に出向き、工場周りの排水溝から流れる水を採取して調べた。本当に水質汚濁が深刻な状態になっているのなら史貴の勤める水産加工会社としても大問題だと、史貴の調査には会社の機材を使うことを社長は快く許可してくれていた。

「他人事《ひとごと》にしてはいられません。ここは私の生まれ育った大切な街です」

「そう言える政治家が何人いると思いますか？」

塩谷の言葉に居並ぶメンバーも真剣な表情で頷《うなず》く。

塩谷たちの願いは一つ、史貴に参議院議員の補欠選挙に立候補してほしいというものだった。先月、地元選出の議員が病死し、早速、補欠選挙が行われることになった。今のところ、立候補を届け出ているのは病死した議員の息子だけで、塩谷たちはその対立候補に史貴をと考えていた。

「あの工場を積極的に誘致したのは、死んだ高橋《たかはし》議員です。地域の活性化になるって言ってね。結果はどうです？」

高橋が当初、口にしたように確かに一時的には働き口も増えて活性化されたように見えた。けれど、海が汚染されたせいで年々漁獲量は減り、昔からの漁業の街は、このままではその姿を変えざるを得なくなる。漁業に関わる人間にとっては死活問題だ。その結果を導き出したのは、史貴の調査だった。

「このまま、あの息子に議員を継がせたら、今までの私たちの反対運動はまったく意味がなかったことになる。議員は世襲制じゃないんですよ」

塩谷が熱い思いを訴える。

大勢の人に自分たちの代表者にと望まれる、今と同じようなことが過去にもあった。

高校時代、生徒会長に推薦され、断り続ける史貴を了承させたのは、当時いちばん仲の良かった小学生のときからの親友、中垣哲平《なかがきてっぺい》の一言だった。「お前だからみんなついていこうと思うんだ」そう言った哲平とはもう四年も会っていない。

「私が立候補しても、まず勝てる見込みはありませんよ」

史貴たちの地元は有名な保守王国で、無所属の新人が当選できたことなど過去に一度もなかった。

「それでも、二世に賛成する人間ばかりじゃないってことを知らしめる必要はあるでしょう」

塩谷の言葉に過去の出来事が蘇《よみがえ》る。

この場に哲平がいたなら、なんと言うだろう。哲平がいてくれるだけで、勇気も自信も湧いてくるのに。そう思った自分を史貴は自嘲気味に笑う。

もう子供ではない。いつまでも哲平に頼っていられるはずもなかった。事実、哲平は今、そばにはいない。

「大河内さん？」

塩谷に呼びかけられ、史貴は急に現実に引き戻された。

「もう立候補の届け出まであまり日がありません。お願いします」

再度、グループのメンバーたちが頭を下げる。

今、誰かが手を挙げなければ、これまでの運動が無駄になる。他に誰もいないのなら、その運動を無駄にしないためにも立ち上がるしかない。

「どこまでできるかわかりませんが」

史貴は決意を口にした。

「皆さん一人一人が私と同じ候補者だと思って、一緒に戦ってくださるのなら」

「もちろんです」

「ありがとうございます」

塩谷をはじめとして、メンバーたちが口々に喜びや感謝を口にする。

「これから忙しくなりますよ」

嬉々とした表情の塩谷が史貴の肩を叩いた。

「選挙ポスターは芸能人のポスターのようにしましょう」

「何を冗談言ってるんですか」

「冗談じゃないですよ。うちのかみさんなんて、初めて大河内さんに家に来てもらったときに、大騒ぎしてましたよ。今も何かっていや、大河内さんを呼んでこいってうるさいったら」

「うちの中学行ってる娘もですよ」

容姿への賞賛の声を、史貴は困ったように笑ってごまかす。確かに容姿を褒められることは少なくなかった。身長は百七十三センチとそれほど高くはないが、細身の体と小さな頭がそれ以上に高く見せている。天然の濃い茶色の髪は、重すぎもせず軽薄さも醸し出さないちょうどいいバランスで、整った顔立ちがよく映えていた。

「女性票は期待できますね」

史貴を除いて、周りが勝手に盛り上がる。

このときはまだ誰も本当の選挙を知らなかった。

公示日

立候補を表明してから一週間、公示日がやってきた。

急遽作られたプレハブの後援会事務所は、今日を境に選挙事務所に変わった。市民運動のグループはほぼ全員がそのまま運動員になり、その運動員がまた人を呼び、無名の候補者の事務所にしては人が溢れていた。ボランティアの学生も多く、その若さが事務所をさらに活気づかせる。

「宣伝カーって意味あるんすか?」

ボランティアの大学生の一人、伊藤《いとう》が葉書の宛名書きをする手を止めて、史貴に尋ねた。

「宣伝カーじゃなくて遊説カーなんだけどね」

史貴は優しく伊藤の言葉を訂正する。街宣車とも呼ばれる、選挙ではおなじみの車のことだ。ただ、店の名前の代わりに候補者の名前を連呼して走るのだから、宣伝カーという言い方も間違っているとは言い難い。

「俺も思った」

史貴が答える前に、別の学生も伊藤に同意する。

「うるさいだけじゃないっすか? そんな車を走らせてるほうが、かえってマイナスイメージになるような気がするんすけど」

若い大学生たちの素朴な疑問に、史貴も心の中で同意する。それは史貴も以前から思っていたことだった。時間制限はあるものの、朝から晩まで名前を連呼して走る車に、史貴自身、迷惑な騒音以外のものを感じたことはなかった。

「なんでも名前を覚えてもらうことから始まんだよ」

そのとき、急に背後から割って入ってきた声に、史貴はまさかと思いながらも声の主をその目で確かめるために慌てて振り返った。

「哲平」

史貴の口から驚きの混じった声が漏れた。事務所の入り口から哲平が顔を出し、懐かしい笑顔を浮かべている。

「久しぶりだな、史貴」

「ああ、本当に」

大学を卒業してから今日まで、哲平と会ったのは四年前に行われた高校時代の同級生、水野《みずの》の結婚式のとき一度きり。大学卒業後、哲平は新聞社に就職し、入社してすぐに仙台《せんだい》支局に配属になったと水野から教えられた。二年後には東京《とうきょう》に戻ったらしいが、それも他の同級生の噂でしか知らない。哲平は盆や正月にも一度も帰省せず、史貴も卒業以来一度も上京しなかった。

四年ぶりに会った哲平は、昔のような大人っぽさではなく、本当の大人の男らしさを漂わせて

いた。相手を威圧するような力のある切れ長の目は、凛々《りり》しい顔立ちの中でひときわ印象深く、男らしさを際だたせ、史貴よりも一回り大きな体は、昔よりもさらに逞しさを増していた。学生時代にはワイルドな感じがカッコイイと、女性に騒がれているのをよく耳にしたものだった。

「大河内さん、どなたですか？」

史貴の内心の動揺に気付かず、伊藤が小声で尋ねてくる。

「あ、ああ、友達の中垣哲平」

史貴はその場にいる運動員に哲平を紹介した。

「じゃ、中垣さん」

伊藤は哲平に向かって、

「さっきのどういう意味ですか？」

「遊説カーのことか？」

「はい」

伊藤が頷き、他の運動員も耳を傾けている。

「候補者のポスターをわざわざ足を止めてまで見る奴なんてめったにいない。でもな、音で呼びかけられりゃ嫌でも耳に入る。名前を知ってもらわなきゃ、投票用紙に名前を書いてもらうなんてことできっこないだろ？」

「そりゃ、そうですね」

投票に行ったことがないという伊藤が、頭の中で状況を想像しているのが、横で見ている史貴にもわかった。投票所に候補者名の一覧があっても、よほどの物好きでなければ聞いたこともない候補者の名前を、投票用紙に書き写したりしないだろう。

「それに、あの車が一台も走らないってことになりゃ、選挙が行われることすら知らない奴もいるんじゃないか」

「確かにそうかも。今まではうるさいなって思いながら、ああ、選挙やってんだって、それで気付いてたような気がする」

伊藤は選挙権を得たばかりの二十歳だ。今まではまったく政治に興味がなかったと言っていた。そんな伊藤のような政治に無関心な層に、選挙が行われていることを知らせるには、騒がしい遊説カーはいい道具なのかもしれない。

「で、何やってたんだ?」

「葉書の宛名書きです」

伊藤が答えた。投票を要請する葉書を選挙区内の有権者に出していく。その葉書には枚数制限が設けられているため、名簿を作り、ダブらないようにチェックしながらの手作業だった。

「お前もか?」

哲平が史貴に尋ねる。

「俺は名簿のチェックを」

史貴が答えると、哲平は小さな溜息をついた。そして、事務所を見回す。今、事務所にいるのは、史貴の他に市民運動のメンバーが四人とボランティアの大学生が三人。仕事や用事のある者を除いたそれ以外の運動員は、明日、隣町で行われる史貴の講演会の会場セッティングに出払っていた。

「選挙運動の経験者、誰もいないのか?」

「ああ、うん」

事務所を見回しただけで見抜いた哲平を不思議に思いながら、それでも史貴は頷く。

「だったら探せ。国会議員でなくてもいい。県会議員でも縁を辿《たど》っていけば一人ぐらい選挙に関わった人間が見つかるだろう。選挙に関わる人間ってのは基本的にお祭り好きだ。頼られりゃ嬉しいし、すぐに手を貸してくれるはずだ」

「ありがとう」

「暢気《のんき》に礼なんか言ってる場合か」

哲平の顔は険しい。

「選挙戦は公示前から始まってるんだ。それをお前らはのんびりと候補者までが葉書出しか?

そんな時間があるなら街に出ろ。商店街でもスーパーの駐車場でもどこでもいい。街頭演説の数をこなせ。お前が外に出なきゃ、取材もできやしない。マスコミに取り上げられるってのは最大の宣伝活動になるってことくらいわかるだろ」

史貴はさっきの哲平の溜息の理由がやっとわかった。公示から投票日まではわずか十七日間しかないのに、その貴重な一日を史貴が無駄にしていると呆れたのだろう。

「ま、これくらいはいいだろ」

哲平が苦笑しながら言った。

「これくらいって？」

「俺は取材に来たんだよ」

哲平が差し出した名刺を受け取り、史貴は顔に近づける。

「今、政治部にいるんだ？」

哲平の名刺には名前の他に『毎朝新聞《まいちょうしんぶん》政治部』と大きく書かれていた。四年前に会ったときは社会部にいると言っていた。

「ああ。地元の選挙だっていうんで応援に駆り出された。だから、さっきのはアドバイスじゃなくて俺の独り言だと思ってくれ」

「どういう意味なんだ？」

「報道の人間だからな。お前にだけ、肩入れするわけにはいかない。もっとも俺が何か言ったところで向こうはびくともしないだろうが」

今回の補欠選挙は、史貴と高橋政夫《まさお》の一騎打ちだった。高橋政夫は故高橋議員の秘書を務めており、親の地盤をそのまま引き継いでいる。投票前から高橋陣営の圧勝が囁かれていた。もちろん、それは史貴の耳にも入っていて、史貴も頷くしかない事実だった。

「勝てるなんて思ってない、とか言うなよ」

そんな史貴の気持ちを見透かしたように哲平が言った。

「新人はやる気と強気でいくしかないんだからな」

「確かにそれしかないいか」

史貴は事務所を見回した。市民グループのメンバー、社会勉強にと集まったボランティアの学生、選挙には素人ばかりの集団だが、活気だけは溢れている。

「いろいろありがとう。それで今日の取材は？」

「いや、今日は挨拶に来ただけだ。これからの取材のな。メインはこっちの支局の記者が来ることになるとは思うが」

「お手柔らかに頼むよ」

「お前なら大丈夫だろ」

「だといいけど」

「じゃあ、またな」

哲平が立ち去るのを、史貴は引き止めたい気持ちを堪えながら見送った。

四年ぶりに会ったというのに、いくらここが選挙事務所で人目があるからといって、それにしても哲平の態度はそっけなかった。けれど、それも仕方のないことだった。哲平がこの八年、一度も史貴に連絡をよこさなかったのは、史貴のせいだ。史貴が哲平に親友以上の気持ちを抱いていたから、そんな史貴の気持ちに気付いたから、哲平は史貴の前から姿を消した。史貴はずっとそう思っていた。

親友だと思っていた哲平への別の気持ちに気付いたのは、大学卒業を間近に控えたときだった。四月からは小学生のときに出会ってから初めて別々の進路を歩むことになる。離れてしまえば簡単には会えなくなる。ただ寂しいと思った。そしてその想いはやがて哲平を連れていってしまう彼の夢への嫉妬に変わった。それに気付いたとき、史貴は愕然とした。友情ではあり得るはずのない想いだった。そのことに勘の鋭い哲平が気付かないはずがない。

「大河内さん」

さっきまではいなかった塩谷が事務所に姿を現した。

「話を聞きました。選挙に関わったことのある人間を探すんだとか」

「ええ、そうなんです。どなたかお心当たりありますか?」

「直接の知り合いではないんですが、家内の兄の友人が、一昨年、参院選で当選した議員の後援会の会長をしてるらしいんですよ」

「どこですか?」

「関西《かんさい》なんですけど、選挙区が違うのは参考にはなりませんかね」

「いえ、ご協力いただけるのでしたら、心強いんですが」

「じゃ、今から家に帰って連絡を取ってみます。こっちまで出向いてもらうのは無理でも、選挙戦の戦い方だけでもアドバイスをもらえるように頼んでみましょう」

「お願いします」

頭を下げる史貴に見送られて、やってきたばかりの塩谷がまたすぐに事務所を出ていった。

「なんか、俺たちももう少し考えたほうがいいっすね」

伊藤がしみじみと言った。

「考えるって?」

史貴はその言葉の意味を尋ねる。

「大きい本屋に行けば、選挙のマニュアルみたいな本がきっと置いてありますよね」

「あるかもしれないけど」

「今からでも少しは勉強しようと思って」

「君がそこまでしなくてもいいよ」

「したいんですよ。選挙って結構面白いっすね。だから、仕組みがわかればもっと面白くなるじゃないですか」

伊藤の目は生き生きと輝いていた。

「今から行ってきてもいいですか？」

やる気になっている伊藤の行動に水を差す必要もない。

「それじゃ、お願いしようかな」

「はい。行ってきます」

伊藤はバッグを掴んで立ち上がると、

「行ってきます」

駆けだしかねない勢いでドアに向かった。

史貴はその姿をほほえましく見送る。

「あ、お帰りなさい」

事務所を出たばかりの伊藤の声に史貴たちは出入口へと顔を向けた。

「ただいま戻りました」

そう言って事務所に入ってきたのは、史貴の高校時代の後輩、久本《ひさもと》だった。久本は史貴より一つ下で、高校生だった頃から史貴によく懐いていた。史貴が生徒会長になったときには自らも会計に立候補したほどだった。そして、今も史貴が選挙に出るとわかった途端、すぐに手伝うと言って駆けつけてきた。自営業の親の手伝いをしているだけだから時間も自由になるのだと、毎日朝から選挙運動に励んでいる。

「今、表で中垣先輩に会いました」

フレームのない眼鏡の下の久本の表情は険しい。

「ちょっと薄情じゃないですか？　親友が初めて選挙に出るっていうのに、取材に来ただけだって」

哲平は久本にも同じように自分の立場を説明したらしい。

「新聞記者なんだから仕方ないだろ」

「それにしても、もうちょっとなんか言い方あると思うんですけど、でも、ま、ほとんどずっと音信不通なんだったら、そんなものかもしれないですね」

久本の言葉が史貴の胸を突き刺す。哲平をそんな薄情な男にしたのは自分だ。親友への邪《よこしま》な想いが史貴の住む街から哲平を遠ざけた。

史貴の暗い気持ちに気付かない久本がさらに言葉を続ける。

「中垣先輩がいなくても、俺がその分、頑張りますから、安心しててください」

「頼りにしてるよ」

史貴がそう言うと、久本は得意げな表情を見せて笑った。

「シキ先輩にそんなこと言われたのって初めてだ。すっごい嬉しいです」

『シキ』というのは、史貴の学生時代のあだ名だ。子供の口では『ふみたか』と呼びづらく、その頃からの知り合いは皆『シキ』と呼んでいた。小学校から中学に上がり、高校、大学へと進んでも、史貴は出会った誰にでも『シキ』と呼んでくれるよう頼んでいた。だから、家族以外で史貴を『ふみたか』と呼ぶのは、哲平しかいない。哲平が『史貴』と呼ぶ響きが好きだった。他の誰の口からも聞きたくないと思うほど、その声が好きだった。今にして思えば、そう思った子供の頃から、史貴は哲平を他の誰にも代えられない、特別な存在だと思っていたのだろう。哲平は今も変わらず『ふみたか』と呼んでくれた。それだけでもう充分だ。それ以上望んでは罰が当たる。史貴は再会できたことを天に感謝した。


史貴の事務所を後にした哲平は、支局へと車を走らせた。

『ちょっと薄情すぎるんじゃないですか』

事務所の外で出くわした久本に投げつけられた言葉が蘇る。薄情なのは言われるまでもなく、痛いくらいにわかっていた。それでも、この八年、薄情になるしかなかった。

四年ぶりに会った史貴はまったく変わっていなかった。変わらない真っ直ぐな瞳に見つめられて、哲平は自分の想いが少しも冷めていないことに改めて気付かされる。離れれば、会わなければ、想いが薄れるだろうと、わざと連絡を取らずにいた八年間、それがすべて無駄だったと、今日の史貴の笑顔に思い知らされた。

哲平はずっと史貴が好きだった。親友だと思い込んでいた哲平が、史貴への想いを自覚したのは、高校三年のとき。人前では泣いたことのない史貴が、事故死した母親の葬儀で、誰にも見られないよう哲平の肩に顔を埋めて泣く姿に、哲平は欲望を覚えた。自己嫌悪と罪悪感を抱えながら、同じ大学で親友として過ごした四年間。けれど、それが限界だった。それ以上、隣にい続ければ、いつ想いが爆発するかわからない。もし、衝動のままに欲望をぶつけてしまったら史貴に軽蔑される。それなら、思い出の中でだけ、親友としての自分の姿を残しておこうと、哲平は史貴から離れることを選んだ。

あれから八年が過ぎている。四年前に水野の結婚式で顔を合わせたときには、他の友人たちも一緒だったから、二人きりの時間はなかった。

『シキ先輩も冷たい奴だって言ってましたよ』

久本は詰《なじ》るように言った。史貴がそんなことを他人に言うはずがない。しかもただの後輩でしかない久本に愚痴るような男ではなかった。会わない間に史貴が変わったのか、それとも哲平の知らないうちに久本との距離が近くなっていたのか。そう思い返してみれば、久本の表情は優越感に満ちていた。高校時代には叶わなかった、史貴のいちばん近くにいるという優越感があったように思えてきた。

哲平は胸の奥に痛みを感じる。

自分が捨てたはずのポジションを誰かに奪われる。そう想像しただけで、深い喪失感が哲平を苛《さいな》む。

昔から久本はそうだった。史貴の前ではかわいい後輩を演じ、哲平には敵意を剥き出しにする。史貴のいちばんそばにいることへの嫉妬だとすぐにわかった。わかっていても、あの頃は気にもならなかった。現実にいちばんそばにいるのは自分だという自負があったからだ。けれど、今は違う。そばにいることもできなければ、そんな資格もない。

支局に着いた哲平は、すぐに選挙担当の牧村《まきむら》を捕まえた。

「これからの取材、お前が大河内候補を担当してくれるか」

「それは構いませんけど、やっぱり同級生はやりづらいですか？　今、挨拶に行ってきたんですよね？」

牧村は入社二年目のまだ新人だ。助っ人の哲平のほうが指示を出すことになっている。

「同級生だけじゃなく、結構知ってる顔があったんだよ。俺がどんだけ公平に取材をしてますって言っても、そうは思わない人間も出てくるだろ」

「そんなもんですか」

「そんなもんなんだよ。じゃ、今日からもうそれでいくからな」

我ながら意気地がないと思いながら、哲平は史貴に会わずにすむやり方を選んだ。マスコミの公平性は、哲平にとっていい口実になった。

哲平は支局の備品のデジタルカメラを手に取り、電池の残量と機能チェックをする。カメラマンの同行しない取材では、自ら写真を撮る。哲平のカメラの腕は本職も認めるほどだった。

「中垣さん、もしかしてすぐに出ます？」

「当たり前だ。俺は里帰りに来たんじゃねえんだぞ。ほら、お前も準備しろ」

哲平は牧村の尻を叩き、それからすぐに支局を飛び出した。

選挙事務所は、史貴も高橋も選挙区内でいちばん大きな市に構えている。互いの事務所は車で十五分ほどの場所にあった。駅からも歩いてすぐの場所にある、鉄筋二階建ての建物すべてが高橋政夫の事務所になっている。亡くなった高橋の父親が使っていた事務所をそのまま引き継いだだけあって、プレハブの史貴の事務所とは大違いだった。

事務所のドアを開けると、揃いの上着を着た運動員たちが一斉に笑顔で振り返った。その中に高橋政夫の顔はなく、

「毎朝新聞の中垣ですが」

とりあえずいちばんドア近くにいる女性に名乗った。

「取材でしょうか？」

女性が哲平に尋ねる。

「お時間があれば。なければご挨拶だけでもと思いまして」

アポも取らずにやってきたのは、取材だと身構える事務所の雰囲気ではなく、ふだんの雰囲気を見たかったからだ。

事務所の中では運動員たちがそれぞれ整然と与えられた仕事をこなしている。それは父親の代に培われたものだろう。故高橋議員は議員歴二十年を超えるベテランだった。そのスタッフも当然ベテランだ。このスタッフの差も、史貴の劣勢を助長している。

「お忙しい中、ありがとうございます」

女性は深々と頭を下げた。

「高橋はこの後、遊説に出かけますが、それまでの時間でしたらお話できます」

女性は高橋に確認も取らずに哲平の取材を了解した。ただの運動員にできることではない。

「失礼ですが、あなたは？」

「高橋の秘書をしております。沢口《さわぐち》と申します」

政治家の秘書には参謀的な役割をこなす者もいる。沢口は若くて美人だけれど、ただの飾りものの秘書には見えなかった。

「こちらへどうぞ」

沢口が先に立って、二階へと哲平を案内する。

「失礼します」

沢口は室内にそう声をかけてからドアを開けた。

「毎朝新聞の中垣様が取材に来られました」

大きく開かれたドアから、沢口に中に入るよう促される。

「突然で申し訳ありません」

哲平はまず頭を下げる。その間に沢口が静かにドアを閉めて出ていった。

「どうも初めまして、民政党《みんせいとう》の高橋政夫です」

高橋は哲平の前に立つと、握手のために右手を差し出した。その仕草は既に政治家そのものだった。哲平は軽くその手を握り返す。

「どうぞ、お座りください」

来客用のソファーを高橋が手で指し示して哲平に勧める。哲平は遠慮なくソファーに腰掛けてから、バッグの中のレコーダーを取り出した。

「よろしいですか?」

軽く掲げて高橋に録音許可の確認を取る。

「どうぞ」

向かいに座った高橋の了解を得て、哲平はレコーダーのスイッチを入れた。

「それでは」

哲平は早速、本題に入る。

「圧倒的優勢と言われていますが、その点についてはどうお考えですか?」

「私は民政党所属ですので、党への支持から票を投じてくださる方もいらっしゃるだろうという点では、大河内候補よりは有利と言えるのかもしれませんが、それだけで過信できる立場ではありません。ただ父の築いた地盤を守るために全力で選挙戦を戦いたいと思っています」

よどみない受け答えは、哲平の質問をあらかじめ想定してあったということだろう。それは高橋の資質よりも、優秀なスタッフが揃っていることを哲平に教えてくれた。

その後もお決まりの質問をいくつか投げかけ、予想していたとおりの答えを高橋からもらい、哲平はその日の取材を終えた。

見送ろうとする高橋を制し、哲平は一人で階下に降りる。

すぐに哲平に気付いた沢口が立ち上がり、哲平を迎える。

「お疲れさまです」

「いきなりでどうもすみませんでした」

哲平が謝罪の言葉を口にすると、

「いえ、とんでもありません。いつでもお越しください」

沢口は笑顔で答えた。

「ああ、そうだ。高橋候補のエピソードを聞かせてもらえませんか?」

「エピソード、ですか?」

「何か人となりがわかるような」

「ああ、そういう意味の」

「何かありますか?」

沢口は軽く目を伏せて考えるそぶりを見せた。

「明日までの宿題にしてもらえませんか?」

「宿題?」

「記事になるかもしれないエピソードをお話するんですから、よく考えないといけないでしょう?」

悪戯っぽく笑う仕草も、媚《こ》びを含まず知的さを感じさせる。言葉の使い方、切り返しや仕草に育ちのよさも窺《うかが》える。やはりただの秘書ではない。哲平は自分の直感を信じた。

「それじゃ、また明日にでも伺いますので、そのときまでの宿題ということでお願いします」

「わかりました」

沢口は最後までにこやかな表情を崩さなかった。

支局に帰った哲平は、その日の取材結果を記事にまとめて提出し、それから再びパソコンの前に座った。社のデータベースを探り、過去の選挙で完全に不利な状況から逆転して当選したケースを探す。現状では史貴の勝算はほぼゼロに近い。史貴はまったくの無名で、対立候補は親の知名度、親の地盤を引き継げる二世。しかも無所属の史貴と違い、与党である民政党所属で、有名議員が選挙応援に駆けつけることも決まっている。

史貴が政治家に向いているとは思えない。政治部での経験で知った政治の生臭い世界は史貴に不似合いだった。それでも、史貴が望むのであれば、力になりたい。史貴には公正にと言ったがそれは建前だ。史貴がマスコミを使って選挙を有利にしようとしていると思われるのは、何よりクリーンさを売りにする史貴にとってマイナスになる。だから、表だって力になれないが、史貴のためにできることはないか、史貴は膨大な過去の資料と向き合った。

「やっぱり選挙参謀がいるな」

哲平は顔を上げ、一人呟いた。

さっきは史貴に誰でもいいから経験者を呼べと言ったが、その程度では史貴を当選には導けない。ただ選挙の仕方を教わる程度で終わるだろう。無所属新人、無名の史貴を当選させるには、もっと実績のある経験豊富な参謀が必要だ。

哲平は一人の男のことを思い出した。

土佐芳明《とさよしあき》。

当選請負人というあだ名を持つ、職業として選挙参謀をしている男だ。特定の人間に付いているのではなく、一度当選させると、次の選挙ではまた別の候補者のところへと、選挙を渡り歩いている。あの男なら、この不利な状況でもなんとかできるかもしれない。一昨年の総選挙で取材したときに名刺をもらっていた。哲平は名刺ホルダーの中からそれを探し出した。

哲平が個人として動くだけで、マスコミの力を利用するのでなければ、公平さを欠くことにはならないのではないか。哲平は自分自身への言い訳を作る。

けれど、哲平が直接、土佐に史貴の参謀になってくれと頼むわけにはいかない。手を貸したことが史貴に知られてしまう。

「メシ、行ってきます」

哲平は誰にともなくそう言って、支局の外に出た。目的は食事ではなかったが、私用の電話、しかも内容が支局の人間には聞かせられるものではなかったからだ。

支局から少し離れた所に電話ボックスがあったのを思い出し、哲平はそこに向かう。携帯を持ってはいるが、道路で歩きながら話すのもどこかの店で話すのも人に聞かれる恐れがある。電話ボックスには誰もいなかった。哲平はその中に入り、携帯で水野に電話をかけた。

「今、大丈夫か?」

コール五回で電話に出た水野に、哲平はまずそう切り出す。

水野には取材で帰郷することを東京から電話で伝えていた。

「ああ。とっくに仕事は終わって、家にいる」

夜の七時過ぎ、哲平にとってはまだまだ仕事の時間だが、ごく一般的な勤め人は仕事を終えている時間だと、哲平はすぐに忘れてしまう。

「お前に頼みがある」

「なんだ?」

「史貴に電話をしてほしいんだ」

そう言って、哲平は土佐のことを水野に説明した。

「要するに、その土佐って人を俺が紹介することにすればいいんだな」

「そうだ」

「それぐらい、お前が言ったっていいんじゃねえの？」

「史貴が気にする」

建前とはいえ、マスコミの公平性を説いたばかりだ。史貴はその言葉を信じて、哲平の手を借りることを拒むだろう。

「なんだかね」

水野の口調は呆れていた。

「お前ら、ちゃんと話してんのか？」

「俺と史貴のことか？」

「他に誰の話すんだよ」

「選挙中はそうもいかない」

「選挙がなくてもそうはいかなかったみたいだけど？」

水野が思わせぶりに言った。

「この八年、お前からはシキの様子を尋ねられ、シキからはお前の近況を聞かれ、って、俺はなんの中継やってんだ？」

そのたびにどうして直接電話をしないのかと、水野から言われていた。哲平が史貴に電話をしなかったのは想いを断ち切るためだ。それなら、史貴は…。気持ちを見抜かれていたとは思えない。史貴からすれば、不自然なほどによそよそしくなった哲平につられただけなのかもしれない。

「喧嘩をしたのかって聞けば違うって言うし」

水野はまだ不満を並べている。

「今はそんなこと言ってる場合じゃないんだ。頼めるのか？」

「はいはい。別に電話一本くらいたいした手間でもないし、頼まれてやるよ」

「悪いな」

哲平は土佐の連絡先を教え、電話を切った。

投票日まで残り十六日

遊説に出かける前だった。史貴の携帯が胸ポケットの中で鳴り響く。

「どうだ、頑張ってるか？」

電話の相手は水野だった。史貴は咄嗟に壁の時計を見た。朝の八時過ぎ、税務署に勤める水野なら、職場に向かう途中の時間だ。

「なんとかな」

史貴は答えながら場所を奥の自分の控え室に移動する。

「俺も手伝いに行ってやりたいとこなんだけど、平日はさすがに無理だ」

「わかってるって」

税務署勤務の水野に仕事を休んでまで手伝ってほしいとは、史貴も思っていない。他の同級生たちも仕事の帰りに顔を見せてくれたり、親戚や同僚に史貴に投票してくれるよう頼むにとどまっている。久本のように連日朝から晩まで事務所にいるほうが珍しい。

「その代わりって言っちゃなんだけど、紹介したい人がいるんだ」

「紹介したい人？」

「当選請負人ってあだ名の選挙参謀。その人がシキの所に来てくれれば、今度の選挙、予想をひっくり返すことができるかもしれない」

「水野の気持ちはありがたいんだけど」

史貴は声を潜めた。

ドア一枚隔てた事務所には、選挙経験者だという塩谷の知人がいる。哲平が言ったように、選挙と聞けば血が騒ぐのか、一面識もない史貴のためにわざわざ関西から足を運んでくれていた。今さら別の人を頼むわけにはいかなかった。

「誰か別の人を頼んだってのは聞いた。でも、正直、いないよりマシっていうレベルなんだろ？」

「そんなこと誰に聞いたんだ？」

水野の言葉を聞き咎《とが》め、史貴は尋ねた。

「いや、えっと」

口ごもる水野の様子に、史貴はすぐに気付いた。

哲平だ。哲平が事務所の様子を見かねて、水野に電話をさせたのだろう。水野に選挙参謀の知人がいるというのもおかしな話だ。哲平は水野とは昔から仲がよかった。この八年でたった一度、哲平が帰省したのはその水野の結婚式のときだけだ。

「ありがとう」

史貴は水野を通して哲平に礼を言った。まだ史貴を心配してくれる。そんな哲平の気持ちが嬉しかった。

「でも、やっぱりごめん」

史貴は感謝しつつも再度断った。

「正直に言うと、そんな有名な人を雇う余裕がないんだ」

選挙には想像以上に金が必要だった。最初に払う供託金はもちろん、事務所の設置費用やらなんやらで、史貴の貯金は大幅に減っていった。しかも今は休職中の身で、これ以上の出費は抑えたいところだった。

「そっか、金か」

水野も納得したように相づちを打つ。哲平は報酬のことまで水野には話していなかったようだが、参謀を職業としているのなら、それなりの高額の報酬を用意しなければならないはずだ。今の史貴の事務所を運営しているのはほとんどが無償のボランティアだ。そんな中に、一人高額の報酬を渡す助っ人を入れるのは、せっかくまとまった陣営の雰囲気を壊す可能性もある。

「それなら仕方ないな。ま、気が変わったらいつでも言ってくれ」

「わざわざありがとう」

史貴はもう一度礼を言って電話を切った。

あのときと同じだ。

史貴たちが高校三年になったばかりの四月、史貴は生徒会長に推薦された。それまで生徒会とは無縁の生活を送っていた自分がなぜ推薦されるのか史貴にはわからず、一度は辞退した。それを諭し、後押しをしたのが哲平だった。今年の生徒会長はこれまでのようなお飾りでは駄目だと、だからお前なんだと、哲平に熱く説得された。

その四月に理事長が替わり、大幅な学校方針の変更が発表された。史貴たちを最も驚かせたのが、成績順のクラス編成。県下一の進学校を目指すという新理事長の方針によって、授業内容は厳しくなり、部活動も縮少された。それまでの自由な校風は影も形もなくなった。

史貴たちはそんな進学校に入学した覚えはない。その年の新入生でさえ、その事実は聞かされていなかった。生徒側から反発が起こるのは当然のことだった。その方針を撤回させるための生徒会で、その代表には史貴でなければと、生徒の間から自然と声が起こったのだと哲平は言った。

あのとき哲平は史貴以上に走り回っていた。史貴の行動を先回りし、何が必要か、何をしなければならないのか、それらを知り尽くした哲平の行動力が史貴を助けてくれた。理事長に方針を変えさせるには、生徒だけではなくその父兄や卒業生まで巻き込んだほうがいいと、根回しに走り回ってくれたのも哲平だ。そのときも哲平は何も言わなかった。史貴に恩を売るようなことも手柄を自慢するようなこともなかった。史貴はそれを後で水野から聞かされた。

「シキ先輩」

思い出に浸っていた史貴の思考を遮るように、遠慮がちにドアがノックされた。

「はい、どうぞ」

史貴が答えると、ドアが開いて久本が入ってきた。

「ああ、もう時間か」

史貴は壁の時計を見ながら言った。今日は遊説カーで街宣活動をしながら、選挙区のいちばん端の町まで行き、そこで講演会をすることになっている。

「準備のほうは?」

「大丈夫だ。すぐ出られる」

史貴は久本が開け放したままのドアに向かった。

「電話、水野さんですか?」

史貴が部屋を出た後、ドアを閉めた久本が、先を歩く史貴の後を追いながら尋ねてくる。

「よくわかったな」

携帯は登録さえしていれば着信表示で相手が誰かわかるから、名前を呼びかけて確認などしなかったはずだ。

「喋り方でわかりますよ」

久本は得意気に答えた。

「手伝いに行きたいけど平日は無理だって、わざわざ電話してきてくれたんだ」

水野が電話をしてきた本当の理由を言うわけにもいかず、史貴はごまかす。今のままでは勝てないから新しい参謀を入れろと言われたとは、ともに戦ってくれている久本や他の運動員たちには言えなかった。

「誰かさんと違って、友達思いですね。今でも仲いいんですよね」

久本が暗に示す哲平の存在。どうも久本は哲平に対して何か含むところがあるらしい。まったく帰省もせず会ってもいないことから、もしかしたら、久本は哲平が史貴と仲違いをしていると誤解していて、それで、史貴の代わりに怒ってくれているのかもしれない。

「哲平も仕事が記者でなければ手伝ってくれてたさ」

「そうですか？」

久本は依然として疑わしそうだった。

「ああ、きっと哲平は助けてくれる」

嘘やごまかしではなく、史貴は本心で断言した。水野の電話がそのことを教えてくれた。長い間連絡も取れず、親友という関係を汚す想いを持った自分を、それでも哲平は親友として陰ながら助けてくれようとしている。

「哲平はそういう奴なんだ」

呟くように言った史貴は、このとき久本の顔色が変わったことに気付かなかった。

史貴が選挙事務所を出たときには、既に夜の十一時近かった。一日中、遊説カーで走り回り、事務所に戻ったのが九時近くで、それからも今日の報告を受けたり、明日の打ち合わせをしたりで、すぐには帰ることができない。公示前からも何かと忙しかったが、公示後はおおっぴらに選挙活動ができる分、忙しさも倍増した。

人通りの少ない道を、史貴は徒歩でホテルに向かう。選挙運動期間中、生活が不規則になることと何かと慌ただしくなることから、史貴は同居する父親に迷惑をかけないようホテルに滞在していた。

「おかえりなさいませ」

宿泊しているホテルへ戻ると、既に顔なじみになったフロントが笑顔で出迎え、史貴が口を開く前に部屋のキーを差し出してくれる。

「ありがとう」

史貴も笑顔で応え、キーを受け取ったときだった。

「史貴?」

背後から最も聞きたかった声で呼びかけられた。

「驚いたな。お前もここに泊まってるのか？」

振り返ると哲平が驚いた顔で立っていた。

「お前もって、哲平もここに？」

「ああ」

哲平は史貴に短く答えてから、フロントに向かい部屋の鍵を受け取る。

「階は違うみたいだな」

哲平が史貴の手にした鍵を見ながら言った。史貴の鍵には８１０、哲平の鍵には９０３と彫り刻まれている。

「いつから？」

エレベーターホールへ並んで歩きながら、史貴は尋ねた。

「お前のとこに顔を出した日からだ」

「ちっとも気付かなかった」

「出る時間と帰る時間が違えば、顔を合わすこともないからな」

エレベーターの扉が開き、先に乗り込んだ哲平の後に史貴も続く。

「今日は早く帰れたんだな」

八階と九階のボタンを押した哲平が尋ねた。

「どうして知ってるんだ?」

一昨日、帰省したばかりの哲平が、史貴が連日事務所に遅くまでいることを知っているのが不思議だった。

「牧村に聞いた。あいつはお前の事務所の前を通って、支局に通ってるんだ。事務所ができてからいつも遅くまで明かりがついてるって言ってたからな。誰か一人でも残ってたら、お前は先に帰ったりできないだろ?」

哲平はスッと手を伸ばし、史貴の頬に触れた。何年ぶりかになる哲平の手のひらの感触に、鼓動は跳ね上がり、史貴は不自然なほどに慌てて顔を逸らした。その想いを自覚してから、哲平に触れられたのは初めてだった。

「…ずいぶんと疲れた顔をしてる」

あまりにも不自然すぎる史貴の態度に、哲平はすぐに手を離す。

哲平が普通の友達のように振る舞ってくれているのに、感情が邪魔をして史貴はそれに応えることができない。まだ哲平を想っていることを見抜かれたように思えて、史貴は哲平と視線を合わせられなかった。

「まだ選挙は始まったばかりだ。今からそんな無理してたら最後まで戦えねえぞ」

哲平は何もなかったかのように話を続けてくれた。史貴はホッとして、それでも視線を合わせられないまま、

「でもみんな俺のために頑張ってくれてるんだ」

史貴が事務所を出たときにも、まだ何人か事務所に残っていた。しなければならないことが多すぎるうえに不慣れなせいで、とにかく時間が足りなかった。

「だからこそ、お前が倒れちゃ元も子もないだろうが」

「そんなにヤワじゃないって」

「選挙はお前が思ってる以上に体力勝負だ。後半はもっとキックなるぞ」

「それも独り言か?」

いつかの哲平のセリフを借りて史貴は言った。

「ああ、独り言だ」

哲平は苦笑しつつも、

「お前の事務所、ほとんどがボランティアなんだってな」

「自分たちの代表だからって言ってくれて」

史貴は独り言に答える。

「だからこそお前が倒れちゃ意味がない。お前一人の選挙じゃないんだ。任せられるところは任

せておけ」

　哲平の言葉の最後に、目的階到着を知らせる機械音が被さる。エレベーターは史貴の泊まる八階に停まった。哲平が『開』のボタンを押して、史貴が降りるのを待ってくれている。

「ありがとう、哲平」

「礼を言うほどのことか」

　史貴はアドバイスと心配をしてくれたことに礼を言ったのだが、哲平は今のボタンを押す動作に対してだと誤解したようだ。早く行けと首を少し外に向けて動かす。

「じゃ、また」

　史貴は軽く手を上げてエレベーターの外に出た。

　エレベーターの扉が閉まりかけ、史貴は慌てて上を示すボタンを押して、扉を開かせた。

「なんだ？」

　開いたドアに、哲平が訝《いぶか》しげに尋ねる。

「水野が推薦してくれた人だけど」

　高校時代は気付くのが遅すぎて、直接感謝の気持ちを伝えることができなかった。けれど、今はできる。史貴は急いで言葉を繋げる。

「前にお前が言ってくれたときにすぐに人を頼んだんだ。その人が今日から来てくれてて、だから、申し訳ないんだけど、水野には断った」

「どうして俺にそれを言うんだ？」

哲平は表情を変えなかった。けれど、史貴は哲平が水野に頼んで電話をかけさせたのだと確信していた。

「言っておきたかったから」

史貴はそう言って、ボタンから手を離した。扉が音を立てて閉まり、口を開きかけた哲平の姿を隠してしまう。

二人きりで話すのは八年ぶりだった。四年前に再会したときは、披露宴会場でみんなと一緒で、ゆっくりと話す間もなく、哲平はその日のうちに帰京した。一見、乱暴でぶっきらぼうながら温かい哲平の口調は、今も変わっていなかった。そして、今も哲平は昔のように史貴を心配してくれる。それが嬉しくて慣れない選挙戦で、疲れ始めた精神が癒やされるような気がした。

同じホテルに哲平がいる。頼ることはできなくても哲平がそばにいる。それは、史貴にとって何より心強い戦力だった。

投票日まで残り十一日

「おはようございます。大河内史貴です」

ウグイス嬢の新井《あらい》の高い声が朝の街に響き渡る。史貴は窓から顔を出し笑顔で手を振る。

最初は無意味に思われた遊説カーでの名前の連呼にも慣れた。名前を覚えてもらうため、毎日どこかの街を走っている。講演会や街頭演説も徐々に人が集まりだした。

「頑張ってー」

沿道に立っていた年配の主婦二人が、史貴に向かって手を振ってくれた。

「ありがとうございます」

史貴はマイクを使わず、大きな声で叫び、手を振り返した。

「実感湧いてきましたね」

後部座席で史貴の隣に座っている久本が言った。

手探りで始めた選挙戦、何をどうすればどう応えてもらえるのか、七日目にしてようやくわかり始めてきた。それは史貴だけでなく、運動員たちも同じ気持ちで、誰かの指示を待たなくても自然と動けるようになっていた。街頭演説は、人の集まる場所人の集まる時間を調べ、史貴を誘導する。徐々に人が増え始めるにしたがって、人員整理も慣れてくる。今日の遊説カーでの街宣活動も、コースを決めてきたのは、運転する伊藤だった。

「昼はその先の公園にしましょう」

伊藤が後部座席に向かって呼びかける。

「駐車場もちゃんとあるんですよ」

伊藤はコースの途中で寄り道をせずに、ちょうどいいタイミングで昼休憩できる場所まで考えていたらしい。

「それじゃ、休憩にしようか」

十二時を少し回っていた。史貴は伊藤にそう答え、車を停めさせた。新井も声を出すのをやめたとき、久本が声を上げた。

「あれ、中垣先輩じゃないですか」

久本の言葉に、史貴はつられて窓の外を見た。公園の向かいにある神社の鳥居の前に、笑顔の哲平が長い黒髪の綺麗な女性と二人きりでいる。

「あの人、高橋候補の秘書ですよ」

そう言ったのは久本だった。

「すごく綺麗な人ですよね。中垣先輩が向こうの事務所にばかり顔を出すのって、あの人が目当てなんじゃないですか?」

「そんなに、向こうに行ってるのか？」

史貴は声が震えそうになるのを堪えるのが精一杯だった。

哲平が史貴の事務所に顔を出したのは、最初の挨拶のときだけだった。それからは牧村という支局の記者が担当らしく、哲平が顔を見せることはなかった。

「みたいですよ。それぞれ担当があるんでしょうけど、案外、元同級生だから避けたんじゃなくて、あの秘書がいるから高橋陣営担当になったんだったりして」

久本は軽い口調で答える。

「そういえば、今日の毎朝新聞、ちょっと高橋候補のことよく書きすぎじゃなかったです？」

新井が不満そうに言った。

その新聞なら史貴も目を通している。民政党所属の厚生大臣が駆けつけた応援演説の様子が、全国版の政治欄に大きく取り上げられていた。それに対して史貴に関する記事は、おまけのような小ささだった。

「男の人って綺麗な人に弱すぎますよ」

新井が鼻息を荒くして、同じ男である史貴たちに抗議する。

「確かに美人だよな」

伊藤が窓の外を名残惜しそうに見つめながら言った。既に哲平たちの姿は境内の中に消えていて、どれほど美人だったのかはもう確認できない。

「ちょっと何よ」

新井が唇を尖《とが》らせる。

「俺は事実を言っただけじゃんか」

伊藤は口の中でブツブツと呟く。

「新聞記者だから公正な立場でいなきゃいけない、みたいなこと言ってたのに」

新井は納得できないと不満を漏らした。

「今朝の新聞は嘘を書いてたわけじゃない。向こうの言い分を記事にしただけじゃないかな」

険悪になり始めた場の雰囲気を和らげようと史貴が口を開いた。

「それにしても」

「誰だって、取材にはいいことしか言わないだろ」

まだ不満げな新井を遮って、史貴は哲平をかばう。

哲平はそんな不正を働くような男ではない。それは誰よりも史貴がいちばんよく知っている。

史貴がショックを受けたのは、哲平が高橋陣営に肩入れしていると思ったからではなく、先程の二人があまりにもお似合いに見えたからだった。

「もうこの話は終わりにしよう。まだ次もあるんだ。早く食事して行かないと」

史貴は無理に作った笑顔でみんなを促した。

「そうですね。うちの陣営の誰かが向こうの秘書と仲よくしてたっていうんなら問題ですけど」

真っ先に新井が史貴に答えた。

「大河内さん、私、お弁当を作ってきました。食べてください」

さらに新井は嬉々として、鞄の中から花柄の布に包んだ弁当箱を取り出す。

「あ、俺も」

伊藤が声を上げ、驚く周りの視線に慌てて、

「作ったのは俺じゃないですよ。母親です。大河内さんのファンなんです。ぜひ、食べてもらってくれって」

「ありがとう」

史貴は二人に優しい笑顔を向ける。

伊藤も新井もボランティアだ。伊藤は塩谷の甥で、暇なら手伝えと言われて引っ張り出されただけだったのが、すべてが未経験の選挙活動が面白くなっていてきたらしく今では学生ボランティアのリーダーのような存在にまでなっていた。新井は伊藤のゼミ仲間で、政治に興味があったという彼女は、伊藤が声をかけるとすぐに参加してきた。

候補者が史貴でなければ、二人ともこれほど積極的に選挙に関わろうとは思わなかっただろう。

史貴の誠実で真摯《しんし》な人柄に触れると、誰もが史貴の役に立ちたい、史貴のために何かしたいと思ってしまう。史貴はそれを人の優しさだと思い、自分の資質がそうさせているのだとは気付いていない。

昼食を車内で手早くすませ、すぐに活動は再開された。

とにかく時間がない。まずは知名度を上げること、それがどれだけ大変なことなのか、ようやく史貴たちもわかり始めた。人は興味のないことには関心を示さない。投票率が年々下がる政治不信の時代に、政治に興味を持っている人間がどれだけいるのか。

遊説カーで選挙区を走り回りながら、講演会や街頭演説を各地で行い、事務所に戻っては打ち合わせや顔合わせ、朝から晩まで史貴には休む暇などなかった。

「シキ先輩、ちょっと休んだらどうですか？」

隣に座る久本が史貴の顔色を窺いながら言った。

「もう帰るだけだし、三十分ぐらいですけど少しでも眠れるときに眠ったほうがいいんじゃないですか？　よかったら俺の肩、貸しますよ」

「大丈夫だ。ありがとう。そんなに疲れてないから。それに座ったままじゃ寝られないんだよ」

「そうなんですか？」

史貴は頷いて、窓の外に視線を移した。

座ったままで眠れないというのは嘘ではない。そのうえ、人目のある場所でも史貴はなかなか眠ることができない。ただ一つだけ例外があった。それは哲平の肩を借りたときだ。そのときだけは、座ったままでも熟睡できた。子供のときからずっと哲平が隣にいて、疲れてうっかり寝てしまったときには、いつでも哲平が肩を貸してくれていた。けれど、もう肩を借りることはないのかもしれない。そう思うと胸が苦しくなる。そんな思いを振り切るように、史貴は窓の外を流れる景色を見つめた。

哲平は神社の本殿の写真をデジカメに収めた。この神社は高橋が子供の頃よく遊んだ場所だと言う。

「小学生のとき、この木に登って降りられなくなったことがあるそうです」

沢口が境内の大きな桜の木を示しながら、哲平に説明した。哲平はその木も写真を撮る。

全国版には載せないが、地方版に候補者の選挙区内での思い出の場所を紹介する企画が持ち上がった。どれだけ地元に密着しているかを示すためだ。学校や市民球場などいくつか紹介してもらったが、いちばん絵になりそうなのがこの神社だった。場所を教えてもらえれば一人で写真を撮りに行くと言ったのだが、沢口がどうしても案内すると言ってきかなかった。

「いい写真は撮れました？」

「ええ、いいですね。地元出身なのにこんな神社があったなんて知りませんでしたよ」

「有名な神社ではありませんから」

沢口は何か物言いたげに哲平を見つめる。

「俺に何か話が？」

「実は」

沢口はようやく話を切り出した。

「私、高橋と結婚の約束をしてるんです」

「それは、おめでとうございます」

唐突な話の展開に、それでも哲平は祝いの言葉を口にする。

「でも、まだ誰にも言ってなくて、両親にも話せてないんです」

「どうしてですか？」

「高橋はまだただの候補者にすぎません。落選すれば無職です。私の父はとても頭が堅くて、そんな状態では納得してくれないでしょう」

「だから、選挙が終わるまで秘密にしていてほしいと？」

「ええ。中垣さんは鋭い方だから、そのうち気付かれてしまうんじゃないかと思って。記事にされるほどのことではありませんけど、万一ってこともありますでしょう?」

だから沢口はわざわざその必要のない場所の案内役を買って出たということか。

理屈としては納得できる。哲平は沢口の整った顔を見つめた。だが、どうしてか、沢口の言い分を信じきることができない。あまりにも受け答えがよどみなさすぎて、そんな女が自分の親くらい説得できないものかと疑いたくなる。

「安心してください。あなたのことは記事では一切触れません。なんでしたら写真にも写らないようにしますが」

沢口への疑念を顔には出さずに、哲平はそう答えた。

「お願いします」

沢口は深々と頭を下げた。

「それでは事務所までお送りしましょう」

写真も撮り終え、沢口の話も聞いた。もうこの神社に用はない。哲平は来たときと同じように社用車の助手席に沢口を乗せ、高橋の事務所に車を走らせた。まさか、すぐ近くに史貴たちがいたとも思わずに…。

投票日まで残り十日

選挙戦が始まってから、史貴の事務所では毎朝欠かさずしていることがある。それは、朝から来ているスタッフ全員揃っての挨拶と、当日のスケジュールの確認だった。スタッフ全員が気持ちを一つにすることを目的としている。

「それでは、今日も一日、頑張りましょう」

史貴の声で締めくくる朝の挨拶が終わるのとほぼ同時だった。

「こんにちは」

ドアの開く音と一緒に哲平の声が聞こえてきた。事務所中の視線が哲平に集中する。昨日の出来事は既に新井の口から事務所内に広まっていた。史貴の友人ということを気遣って、史貴のいない場所で広まった噂は、気付いたときにはうち消せないほどに事実として認定されていた。そんなところへ本人が現れたのだから、事務所の空気が凍りつくのも無理はなかった。

選挙事務所は常に笑顔で来客を迎えるはずが、哲平に向けられたのは冷たい視線だった。

「何かご用ですか?」

新井が冷たい声で尋ねる。

「戦況を見に来たんだけどな、一応、取材」

「牧村さんは？」

毎日顔を出す記者の名前を、新井が口にする。

「今日は妹の結婚式だっていうんで、俺が代理」

「嫌々来たってわけですか」

はっきり嫌みとわかる新井の言葉に、哲平の眉間に皺《しわ》が寄る。

「お約束は？　大河内さんは忙しいんですけど」

新井は突き放すように言った。

「新井さん、もういいから」

あまりにもとげとげしい新井の態度に、史貴は割って入った。

「忙しいんだってな。取材に来たんだけど出直すか？」

「大丈夫だ」

史貴はそう言って哲平を奥の部屋に連れていく。

哲平は勧められたソファーに座ってから、取材用のレコーダーのスイッチを入れた。

「選挙戦もそろそろ折り返しに入りますが、ここまで戦ってみて、手応えはどうですか？」

向かいに座った哲平が、改まった口調で尋ねてくる。

「手応えのようなものは感じてます。最近は沿道で手を振ってもらえることも増えましたし、道を歩いていても頑張ってと笑顔を向けてもらえるようになりました」

史貴も他人行儀な口調で答える。けれど、視線は合わせられなかった。史貴の不自然な態度は、当然、哲平も気付いているはずなのに、そのことを尋ねようともしない。所詮、哲平にとっては気にもならないことなのかと、史貴の気持ちはさらに塞いでいく。それでも、候補者と新聞記者のやりとりは続けられた。

「シキ先輩」

十分近く過ぎた頃、ドアの外から久本の声がした。

「どうぞ」

哲平と二人だけの空間から解放されることにホッとして史貴が促すと、久本がドアを開けて入ってきた。

「そろそろ街頭演説に行く時間なんですけど」

「ああ、そうだった」

史貴は頷いてから、

「もういいですか?」

「結構です。お忙しいところお時間を割いていただいてありがとうございました」

そう言って哲平はレコーダーのスイッチを切った。

「どうしたんですか、二人とも。すごい他人行儀じゃないですか」

久本が笑いながら尋ねる。

「哲平は取材で来てるんだから」

「それにしたって、とても昔親友だった二人だとは思えないですよ」

久本はまだ笑っている。けれど、史貴も哲平も同じように笑うことはできなかった。久本の言葉で気付かされた。哲平と親友だったのは昔の話で今はただの同窓生にすぎないのだと。

「それじゃ、どうもお疲れさまでした」

哲平を追い返すように久本はそう言うと、背中を押しながら部屋の外に哲平を連れ出した。史貴は哲平が部屋を出ていくまで、とうとう視線を合わせられなかった。

一人きりになった部屋の中で、史貴は昨日見た光景を思い返す。哲平が美人の秘書と並んでいる姿は絵になっていた。どんな関係かもわからないのに、哲平が女性といただけでこんなにも動揺させられる。そういえば、学生時代、哲平は一度も彼女の話をしなかった。かなりもてていたからそれなりに付き合いもしていたのだろう。けれど、哲平はいつでも史貴との付き合いを優先してくれたし、女性の影を感じさせなかった。だから、史貴は哲平が女性と付き合っている姿を想像したこともなかった。

久しぶりの再会がこんなときでよかった。落ち込む気持ちを忙しさで紛らわせることができる。

史貴は沈んだ表情を隠して、みんなの待つ部屋へのドアを開けた。


史貴がホテルに戻ってきたのは夜の九時を過ぎていた。疲労はどんどん蓄積され、人目のない場所では自然と足も重くなる。エレベーターを降りてから部屋までがやけに遠く感じる。

「哲平」

いつからそこにいたのか、自分の部屋の前で佇む哲平の姿に史貴は足を止めた。

「話がある」

哲平の表情は険しかった。

「疲れてるんだ」

まっすぐな哲平の視線から逃れるように、史貴は顔を横に向けた。

「時間は取らせない」

「話なら明日事務所で」

哲平の横をすり抜け、部屋の鍵を開けようとした手を哲平に押さえられる。

「何があった?」

哲平の声は厳しかった。事務所では何も気にしていないふうだったのは、哲平の記者としての顔だったのか。

そのとき、廊下の端から人の声が聞こえてきた。

「中へ」

史貴は人目を気にして哲平を部屋の中に入れた。

簡素なビジネスホテルの中は寒々としていて、それがさらに史貴の態度を冷たくさせる。

「特定の候補者のところに個人的に訪ねてくるなんて、公正さを欠くんじゃないのか」

秘書の綺麗な顔が浮かんで、史貴の言葉には隠しきれない刺《とげ》があった。

「俺が何かしたのか？」

「別に何も」

「別にって態度じゃないだろ」

「お前には関係ないのことだ」

初めて出会った小学生のとき以来、史貴は初めて哲平を突っぱねた。

「だいたい、哲平は取材で来てるんだろ？　だったら取材だけしてればいいんだ」

「久本の言ったことは本当だってことか」

「久本？」

「昔は親友だった。今は違うんだな」

哲平の口調がどこか寂しげに聞こえて、

「お前もそう思ってたんじゃないのか」

「俺が？」

哲平は驚いたように問い返してきた。その表情に史貴が驚く。哲平は史貴の気持ちに気付いて遠ざかっていったのだと、ずっとそう思っていた。けれど、この表情が本当なら、哲平は史貴の想いに気付いていないのかもしれない。

「だったら、どうして八年も連絡をよこさなかったんだ」

「じゃあ、お前はどうなんだ？　お前から一度でも電話してきたことがあったか？」

「昔のお前はそんな責めるような言い方はしなかった」

「昔の話はもういいだろ。俺は今の話がしたいんだ」

「だから、それはお前には関係ない。お前に心配してもらわなくても、俺はやっていける」

この八年もそうやって過ごしてきた。哲平への想いを断ち切ろうと、今度会うときは純粋に親友として会いたいと、そうなるまで会わないでいようとさえ思っていた。

「久本がいるからか？」

「どうしてここに久本が出てくるんだ」

哲平と話していてこれだけ話が噛み合わないと感じたのは初めてだった。この話の流れで久本

の名前が出てくる理由がわからない。それでも、史貴は哲平を遠ざけるために、

「そうだ。お前がいなくても久本がお前の分まで頑張ってくれている。だから、もう帰ってくれないか」

史貴は哲平に背を向けた。けれど、いつまで待ってみても哲平が立ち去る気配がない。

「俺がなんのために」

低く絞り出すような声が背後から聞こえてきた。史貴が振り返ると、真後ろに立っていた哲平に腕を取られ、ベッドに突き飛ばされた。史貴の重みでベッドが軋んだ音を立てる。

「何するんだ」

肘をついて、史貴は半身を起こした。けれど、史貴が完全に体を起こすより早く、ベッドに膝をついた哲平が史貴に覆い被さった。

「久本にもさせてるんだろ?」

哲平の言葉に史貴は驚いて言葉をなくし、動きが止まる。その隙に、哲平は素早く自分のネクタイを抜き取って、そのネクタイで史貴の両手を胸の前で一つに縛った。

「哲平」

突然の乱暴な行動の意味がわからず、史貴は哲平の名を叫んだ。けれど、真上から見下ろす哲平のぎらついた目に言葉を呑む。長い付き合いで、哲平のこんな表情は一度も見たことがな

かった。

　ベルトのバックルを外す金属音が室内に響く。

　史貴はようやく哲平が本気なのだと悟った。

「やめてくれ」

　そんなことは望んでいないと、史貴は必死で言葉を投げる。けれど、そんな言葉を一切拒絶するように、哲平は身を捩る史貴を片腕で押さえつけた。

「久本のほうがいいのか？」

　まるで哲平が久本に嫉妬しているかのような言葉だった。その言葉の思いがけなさに、史貴は返す言葉が見つからなかった。

　哲平は依然として、ぎらついた目で黙ったままの史貴を見つめている。

「返事がないのはそのとおりってことか」

　哲平はそう言うなり、史貴のシャツを左右に引き裂いた。ちぎれたボタンがベッドに、そして床に散らばって落ちる。

　社会人になってから人前で肌を晒す機会など、病院ぐらいでしかない。それが、自分を欲望の対象として見ている哲平の前で晒すことに、史貴は震えるほどの羞恥を感じた。

「三十になった男の肌とは思えないほど綺麗な肌だな」

哲平が感嘆の声を上げた。

「何年ぶりだ？　お前の裸を見るのなんて」

「見るな…」

史貴は縛られた両手で胸元を覆う。けれどその手は簡単に哲平によって再び頭上に縫いつけられる。

「今さらだろ」

哲平の視線を痛いほどに感じる。

今までに何度となく哲平の前で着替えをし、一緒に風呂に入ったりもした。それが、状況が変わるだけでこんなにも羞恥心に襲われる。史貴はいたたまれなくて目を閉じた。

哲平の手が、剥き出しになった史貴の胸に伸びる。

「あっ…」

他人の手に初めて触れられ、思わず声が漏れた。

「感じてるのか？」

「違っ…」

「でももう尖ってる」

からかうような哲平の口調に、史貴は羞恥で顔を赤くした。

隠したくても体の反応は隠すことはできない。触れられる前から、胸の飾りは硬く尖って突き出していた。それを哲平の指で気付かされた。

哲平に押し倒され、シャツを引き裂かれる…。

すぐには信じられない状況に思考は追いつかず、体だけが敏感な反応を返す。史貴は体の熱を抑える方法など知らなかった。

骨張った指が胸の突起を摘まみ上げた。

「ん…ふぅ…」

全身が痺《しび》れを感じ、史貴は体を震わせる。

「ここが弱いんだな」

哲平はクッと喉を鳴らして笑うと、親指の腹で埋め込むように擦りつけた。

「あ…んっ…」

こんな場所が性感帯だとは知らなかった。史貴は熱くなる体に戸惑い、そして、そんな姿を哲平に見られていることにさらに体を熱くする。

哲平に執拗なまでに胸を嬲られる。左の突起ばかりがさんざん指で弄くられて赤く腫れ上がり、軽く触れるだけでもジンとした痺れを呼び起こした。ずっと放っておかれた右の胸には濡れた感触が与えられ、おそるおそる目を開くと、哲平が史貴の胸に顔を埋めていた。生温かい舌の感触に、中心が熱くなる。

「や、……もう」

「まさかもうイキそうだって言うんじゃないだろ？」

突起を口に含んだまま喋る哲平の舌の動きに、史貴は腰を揺らめかす。

「ん……っ」

甘い声の響きに哲平が満足げに笑う。

「そんなに喜んでもらえるなら、もっとサービスしてやらないとな」

哲平は史貴を押さえつけていた手を離し、両手で史貴のスラックスに手を掛けた。

「哲平っ」

史貴は悲鳴のような声を上げる。

「まさかこれだけで終わるなんて思ってたのか？」

無慈悲にも哲平に下着ごとスラックスを引き下ろされ、足から抜き取られた。靴下でさえも邪魔だとばかりにむしり取られ、下半身は何一つ隠すものなく哲平に晒すしかなかった。

「こっちも綺麗なもんだな。使ったことないみたいだ」

哲平の視線が確実に中心を捕らえていることを、史貴は感じないわけにはいかなかった。

「もう…許してくれ」

「許す？　何を？」

尋ねながらも史貴の答えなど必要ないとばかりに、哲平は史貴の中心に手を伸ばした。

「あぁ…」

「どうしてほしい？」

勃ち上がり始めたそれに、哲平が指で輪を作って形をなぞる。

まったく経験がないわけじゃない。それでも、ずっと想い続けていた哲平の手に愛撫されているのだと思うと、過剰に反応するのを止められなかった。

「溜まってたみたいだな。もう溢れてきた」

「言う…なっ…」

史貴は縛られた両手で顔を覆った。できるなら耳も塞ぎたかった。哲平の言うように先走りが滲み始め、それが哲平の手を濡らして、耳を塞ぎたくなるようないやらしい音を響かせている。

「は…あぁ…」

哲平が手を動かすたびに、史貴の口から熱い吐息が漏れる。両側をまるで絞り出すかのように揉まれて、史貴は痙攣しそうなほどに足を突っ張った。

史貴の中心は哲平の手の中で張りつめ、解放を求めて限界を訴える。

「ほら、イケよ」

哲平が先端に爪を立てた。

「くっ…」

堪えきれず史貴は哲平の手のひらに解き放った。

「早かったな」

哲平は史貴に見せつけるように、手に付いた液体を舌で舐め取った。

「いつもより濃いんじゃないのか？」

「知らない…」

首を横に振る史貴に、哲平は濡れた指を突きつけた。

「味見してみろよ」

強引に指を差し込まれ、苦い味が口の中に広がる。

「濃いだろ？　ずいぶんと溜めてたもんだ」

そう言って哲平はなぜかバスルームに向かい、バスタオルを手にすぐに戻ってきた。

哲平は力の抜けた史貴の腰を掴んで浮かせると、その下にバスタオルを敷いた。

「汗だけならまだしも、精液でグショグショになったシーツを見られたくないだろ？」

ここはビジネスホテルだ。朝、史貴が出かけた後に室内清掃が入り、シーツもそのとき取り替えられる。史貴はそのことに気付き顔を真っ赤にする。

「これならいくら濡らしたって構わない」

「もう……やめてくれ」

両手はまだ縛られたままだった。哲平が解放してくれない限り、ほとんど全裸の史貴は逃げられない。

ベッドに乗り上げた哲平は、おもむろに史貴の膝を掴んで左右に割り開いた。

「嫌だ…」

これ以上の羞恥は耐えられなかった。不自由な状態ながらも、史貴は上半身を捩って起き上がろうとした。けれど膝を押さえつけられていてはそれ以上動けない。

哲平は体を曲げ、史貴の中心に顔を近づける。

「やあ…」

哲平の口内は熱かった。厚い肉に包まれて、それだけで史貴の中心は熱くなる。引き抜かれては含まれ、手とは違う感触がまた史貴を追い上げる。

「…はぁ…」

押し返すつもりで縛られたままの両手を伸ばしたが、哲平の黒髪に指を絡ませることしかできなかった。

哲平は口を離すと、今度は舌を突き出し、先端でじらすように形をなぞっていく。

「ふぅ…ん…」

熱い吐息と喘ぎが交互に史貴の口から漏れる。

哲平は一度体を起こすと、

「どっちがいい？　手と口と？」

史貴に羞恥を与えることだけが目的のような問いかけに、史貴はただ首を横に振った。

「答えないならずっとこのままにするぞ」

根本を哲平の手で締め付けられ、史貴は顔を歪《ゆが》めた。

「……ち……っ」

「聞こえないな」

「口…で……」

「いいだろ」

哲平は再び史貴を口に含んだ。熱さに包まれ、史貴の腰が揺れる。さっき出したばかりだというのに、二度目はもうすぐ目の前まで来ていた。快感で目が涙で霞み、呼吸は忙しなく繰り返される。

「うっ…」

史貴は二度目の終わりを迎え、解き放ったものは哲平の口の中に収められた。哲平はそれを手のひらに吐き出すと、秘められた奥地へと手を差し込んだ。

「何…？」

史貴は予想のつかない哲平の手の動きに、驚いて目を見開く。そんな史貴の態度に、

「お前、初めてか？」

「あ…たり前…だ」

「だったら、忘れられないぐらいによくしてやるよ」

哲平は強張った入り口を揉みほぐすように、手のひらの液体を塗りつける。

「……っ……」

指先が入り口を押し開いた。その指はゆっくり奥へと進んでいく。

「くっ…」

引きつるような痛みに、史貴は顔を歪めた。

「狭いな。もっと力抜け」

「できな……」

史貴は掠《かす》れる声で訴えた。

息が苦しい。すべての意識が一カ所に集中する。ほんのわずかでも指が動かされると、異物感に鳥肌が立つ。

哲平が再び胸の突起に触れた。さっきまでさんざん弄ばれていたそこは、ちょっとした刺激にも反応してしまう。

「ふぅ…ん…」

力の抜けた一瞬の隙に、指は奥深くまで侵入してきた。

「ぅあっ……」

指の先で前立腺を刺激されてはたまらない。史貴は背を仰け反らせた。

哲平は見つけたとばかりに、執拗にそこを攻めた。激しすぎる快感に、史貴は頭を振って身悶える。激しい快感で麻痺した体が二本目の指の侵入も受け入れてしまう。

広げるように中を掻き回しながら、ポイントを突かれた。

「あっ…ああ……っ」

ひっきりなしに漏れる喘ぎは、愛撫をねだっているようにしか聞こえない。

「元気だな、お前」

哲平に揶揄《やゆ》されても仕方ない。既に二度も放出しているのに、もう中心は硬く勃ち上がっている。

「ここからが本当のセックスだ」

哲平はそう言うと、指を引き抜き史貴の体を俯せにした。哲平に腰を持ち上げられ、史貴は縛られた両手をついて体を支える。膝立ちで哲平に腰を突き出すような格好に恥ずかしさが増す。逃げ出すことは許されない。きつく腰を掴まれ、後ろに熱い凶器を押し当てられた。

「やっ……あぁっ…」

ゆっくりと押し広げながら誰も立ち入ったことのない史貴の中に、哲平が侵入してくる。史貴を犯す凶器は、指とは比べものにならないほど、大きくて硬かった。

「あんなに狭かったのに…どんどん俺を呑み込んでる」

哲平の言葉は嘘ではなかった。史貴はあり得ないほど深い場所で哲平を感じていた。

「ほら、根本まで全部入った」

自分の中に哲平がいることが信じられなかった。けれど、熱い塊はその存在を強く主張し、史貴を苛む。

哲平がすぐに腰を引き始めた。

「う…動く…な」

史貴は低く呻《うめ》く。

急激な変化に身体がついていかない。呼吸の仕方も思い出せない。

「あぅっ……」

引き抜いた分だけ哲平がまた押し込んだ。

「動かなきゃ、…始まんねえだろ」

「いっ……あ……」

哲平が浅い抜き差しを繰り返し始めた。

揺さぶられてずり上がりそうになる体を、哲平に腰を掴まれ引き戻される。律動は徐々に激しさを増し、いつしか史貴は哲平に呼吸を合わせていた。体は正直により楽な方法を見つけ出す。呼吸を合わせ、動きを合わせることで痛みや圧迫感は薄れ、快感だけを追えるようになる。それでも既に二度、立て続けに達したせいで、なかなか終わりを迎えることができない。

「や……もう…」

「イキたいか?」

史貴は何度も頷く。

哲平は史貴の張りつめた中心に手を伸ばし、激しく擦り始めた。

「はぁっ…あ…んっ…」

前と後ろを同時に攻められ、史貴はようやく待ち望んだ解放を迎えた。

「くっ…」

耳の後ろで哲平の低く呻く声が聞こえ、直前で引き抜いた哲平が、史貴の形のいい双丘に白濁を飛び散らせる。史貴は哲平が達したことを感じながら、そのまま気を失った。

史貴はベッドに沈み、微動だにしない。哲平が顔を近づけると微かな寝息が聞こえた。哲平はホッとしてベッドの縁に腰掛ける。

まさかこんな形で長年の想いを果たすことになるとは思ってもみなかった。親友のポジションさえも許されないのなら、二度と史貴の前に顔を出せないくらい嫌われたほうがいい。そんな思いで、わざとひどい言葉を投げつけ、ただ自分の薄汚い欲望を満たすためだけに強引に体を繋げた。

哲平はバスルームに行き、タオルを湯で濡らすと、すぐに史貴の元に戻った。汗と精液で汚れた史貴の体をその濡らしたタオルで綺麗にしていく。その間も史貴はまったく目を覚ます様子はなかった。

染み一つない綺麗な肌が朱に染まっていくさまは扇情的だった。

忘れられるはずがない。

一度でも想いを果たせば満足できるかと思った。けれど、欲望がさらに深まるだけだった。

哲平は激しい自己嫌悪に苛まれながら史貴の部屋を後にした。

結局、史貴が哲平を避けた理由を聞き出すことはできなかった。

哲平は自分の部屋に戻りかけ、腕時計を見て行き先を変えた。ホテルを出て、史貴の選挙事務所に向かう。十一時近かったが、いつもこの時間まで明かりが点いていると牧村から聞かされていた。

今日も明かりは消えていなかった。入り口に立って、開いたままの引き戸を叩くと、新井が最初に哲平に気付いた。

「また来たんですか？　向こうの事務所に行けばいいじゃないですか」

新井の対応は昼間と変わらず冷たかった。

「どういう意味だ？」

「どうせこっちにはあんな美人の秘書はいませんから」

新井がツンと顔を背けた。

美人の秘書といえば、沢口のことだろうが、哲平にはそれがここで引き合いに出される理由がわからなかった。

哲平は事務所を見回した。奥の机に久本が座っているのが見える。哲平はそこまで近づくと、

「久本、ちょっと来い」

久本の腕を掴んで外に連れ出した。

「何があった？」

事務所の中には声が聞こえない場所まで連れ出し、哲平は久本に問いただした。

「なんのことですか?」

「とぼけるな。事務所の連中の俺に対するあからさまな敵意のことだ。俺が何をした?」

「俺は別に何も知りませんよ」

「答えろ」

哲平は久本の胸ぐらを掴み上げ、凄味のある声で脅す。

「見かけたんですよ。遊説の途中で先輩があの秘書と一緒にいるところを」

久本は哲平の手を振りほどく。

「たったそれだけで」

「ちょうど今日の新聞で向こうの公約を褒めるようなこと書いてたし」

「褒められないような公約を言う馬鹿がどこにいる」

「シキ先輩の扱いは小さかったじゃないですか」

それは哲平も認めざるを得ない。記事には取材力の差、記者の力の差が出る。記者歴二年の牧村と哲平では差がありすぎた。その差は地方版では記事の大きさで表れ、全国版では哲平が書いた記事だけが採用される。そうなると、どうしても民政党に絡めた記事を書ける高橋候補の扱いが大きくなる。だが、そんな事情が選挙に関しては素人のこの陣営に通じるはずもない。

「この大事な時期に、たったそれだけのことで史貴を混乱させるようなことを言ったのか？」

「思い上がらないでください」

久本はキッと哲平を睨みつける。

「シキ先輩は別に気にしてなんかいなかった。その話が出た後も、いつもと変わりませんでしたよ」

「お前にはそう見えたんだろうがな」

哲平は舌打ちした。訳を知っていれば事実を話して誤解を解くことができた。今まで築いた関係を、自らの手でぶち壊すような真似をしなくてもすんだ。でももう戻れない。もし、万一、史貴が許してくれたとしても、何もなかったことになどできない。夢にまで見た史貴の体は甘美すぎた。この先、誰と体を繋げても、史貴以上に哲平を興奮させはしないだろう。

「今さら」

史貴の感触を思い出していた哲平は、久本の声で我に返る。

「今さら、急に味方面しないでください。あなたは過去の人なんですよ。せっかくシキ先輩の隣にいられるのに、その場所を捨てたんじゃないですか」

久本に現実を突きつけられる。

「俺はずっとシキ先輩だけを見てたんです。シキ先輩がこっちに戻ってからは、中垣先輩よりも一緒にいたんです。いつまでも自分だけが何もかも知ってるような顔はやめてください」

「何もかも、か」

何もかも知っていれば、今日のようなことはしでかさなかった。離れていた時間が、史貴への冷静な判断力をなくさせた。

目の前で憤る久本は、そんなことは当然知らない。そんな久本に何を言っても無駄だ。

「とにかく史貴にはこれ以上余計なことを言うな」

「言われなくても、先輩のことなんて口にしませんよ」

久本は話はすんだとばかりに、哲平に背中を向け、事務所の中に入っていった。

事情がわかったところで、久本を責めたところで、時間はもう戻せない。

哲平はホテルに帰る気にはなれず、支局の仮眠室を使おうと、夜の街を歩きだした。

投票日まで残り九日

携帯の着信音が部屋の中に響き渡る。

史貴は小さく身じろいで、覚醒しないまま布団の中からサイドテーブルに手を伸ばした。

「シキ先輩?」

電話の相手は久本だった。

「え、何?」

「何って、もしかしてまだ寝てたんですか?」

驚いたような久本の声が甲高くて、その声で史貴ははっきりと目を覚ました。

「今、何時だ?」

「もうすぐ九時です」

史貴は覚醒したばかりの頭で今日の予定を思い返す。隣町で十時から講演会をすることになっていた。時間的に事務所に寄るのは無理だった。

「すまない。すぐに用意するから車でホテルまで迎えに来てもらえないか? ここから直接向かったほうが早い」

「わかりました。それじゃ、十五分くらいで行けると思いますから、用意のほう、急いでお願いします」

電話を切った後、史貴は急いで起き上がろうとした。

「あ……」

腰から下に違和感を覚え、一瞬にして昨夜の出来事が蘇った。その記憶を裏付けるように、寝相のいい史貴にしてはシーツは乱れ、素肌はそのシーツに触れている。史貴は何一つ身につけてはいなかった。上半身だけを起こし、自分の体を見下ろすと無数の赤い痕が散らばり、手首にはうっすらと縛られた痕も残っていた。

「哲平…」

哲平に抱かれた。それも途中で史貴が意識を失うほど激しく抱かれ、過去に味わったことのない快感を何度も与えられた。

何がそこまで哲平を怒らせてしまったのか、一度も聞いたことのないような声でひどい言葉を投げつけられた。何度も絶頂を迎えさせられ、最後には哲平を受け入れさせられた。それなのに、哲平への怒りは湧いてこなかった。

哲平が何の理由もなくあんな真似をするはずがない。そんな男ではないことを、子供のときからの付き合いの史貴はよく知っている。哲平は理性的な男だった。史貴が怒りのスイッチを押してしまったのだとしても、激情に駆られて押し倒し欲望を遂げるようなことはしない。だとしたら、哲平が史貴を抱いた理由は何なのか。

「まさか…」

史貴はふと思いついた理由を自分で口に出して否定した。それではあまりにも都合がよすぎる。

けれど、哲平が史貴を好きだったのだとしたら、納得できる。

哲平が自分のことを好きだった?

自分と同じように想ってくれていた?

哲平のしたことは強姦だ。けれど、哲平が自分を求めてくれたことが嬉しかった。理性的な哲平が理性をなくすほどに、自分を求めてくれたことが嬉しかった。

史貴は軋む体でなんとか身繕いを済ませると、約束の十五分になるより前に一階のロビーに降りていった。ちょうど史貴の名前の入った遊説カーがホテルの前で停まるのが見えた。史貴はフロントにキーを預け、急いで車に向かう。

「おはようございます」

助手席から久本が降りてきた。

「おはよう。ごめん、みんな心配してた?」

久本から電話をもらわなければ、もっと寝ていたところだった。

「シキ先輩でも寝過ごすなんてことあるんだって、笑ってましたよ」

「ならいいけど」

「よく眠れたみたいですね」

久本が史貴の顔色を窺いながら言った。

「久しぶりに熟睡できたよ。みんなには迷惑かけたけど」

「全然、迷惑なんて。かえってよかったです。すごくすっきりした顔してて、男前度数がさらにアップしてます」

「何言ってんだ」

史貴は笑う。その笑顔にいつもはない艶があって、久本は息を呑んだ。

「久本?」

「なんでもないです。急ぎましょう」

久本に背中を押され、史貴は車に乗り込んだ。


哲平が一日の取材を終えて、支局に戻ると、史貴を取材している牧村は先に帰っていた。哲平は史貴の様子が気になり、真っ先に牧村の机に向かう。

「向こうの様子はどうだ?」

「いい感じですよ。今日の講演会も会場は満員だし、まったくの素人だったわりに、講演も板についてきましたね。俺でもひょっとしたらって思わせられましたよ」

「いつもと変わりなかったか?」

「大河内候補ですか?」

「ああ」

「いつもより自信に溢れてたような気がしないでもないです。何か援軍でもあったのかな。取材した範囲では出てこないけど」

哲平はまさかと思い、すぐにその考えを打ち消した。あまりにも自分に都合の良すぎる甘い夢は見ないほうがいい。

「明日の予定は?」

「お昼に駅前で街頭演説です」

「俺もそっち行くわ」

「高橋候補の方はいいんですか?」

「明日は一日選挙区に挨拶回りだからな。一日中張り付いてるまでもねえよ」

哲平の勝手な行為が史貴をどう変えたのか、哲平は自分の目で確かめたかった。

投票日まで残り八日

哲平は史貴の街頭演説の時間まで、まず高橋の事務所に顔を出した。一日の詳細な予定表をもらうためだ。マスコミに愛想よくは候補者の鉄則。秘書の沢口は笑顔で、スケジュールを記入した用紙をコピーしてくれた。哲平はそれを見ながら、押さえておくべき場所を検討する。ごく一般の個人宅ではなく、企業や官公庁に顔を出しているところのほうが、写真を撮るには適している。

「行くならここだな」

予定表の午後三時半のところを哲平は指で叩いた。

高橋が例の工場に応援を要請するために出向くことになっている。父親が誘致した工場だ。挨拶に出向いてもおかしくはない。だが、選挙直前まで市民運動が起こるほど揉めていた工場に、この時期に顔を出すのはマイナスになるとは思わなかったのだろうか。それとも、市民運動は解決したと思っているのか。

高橋は過信はできないと言ったが、取材を進めるうちに哲平には高橋が過信しているとしか思えなくなってきた。

これなら史貴にも勝算はある。

哲平は史貴の街頭演説を聴くために、車を走らせた。場所は哲平も行ったことのある、大手スーパーの駐車場だ。駐車場の一部を使うために、他は通常どおり車を停めることができる。哲平は到着してすぐに、空いた駐車スペースに車を停めた。

演説はまだ始まっていなかったが、既に人だかりができていた。どこの街頭演説も取材用の場所は近くに確保されている。哲平はそこを目指して歩きだす。

「中垣さん」

牧村が哲平に気付いて手を振る。

「ずいぶんとマスコミが多くないか?」

「今まででいちばん多いですね」

大手新聞四紙に地元紙、それに地元テレビ局が来ている。テレビカメラが一台入るだけで、取材陣の規模も違って見える。

「あ、始まりますよ」

牧村が哲平の注意を促した。

大きく『大河内史貴』と四方に書かれた遊説カー上部の壇上に史貴が姿を現した。待っていた聴衆から拍手で迎えられた史貴は、一礼して口を開いた。

「このたび、参議院議員補欠選挙に立候補した大河内史貴です」

高すぎず低すぎもせず、耳に心地よい史貴の声が響き渡る。

哲平はカメラを構え、遊説カーの上で演説する史貴を撮っていた。確かに牧村の言うように、言葉に力があった。

「……市民が安全に暮らしていける街づくりを目指します」

そう締めくくった史貴の街頭演説に拍手が起こる。

史貴が拍手に応えるように聴衆を見回した。

ふと、カメラの中の史貴の視線が止まった。明らかに哲平を見ている。ズームさせると史貴が何かを問いかけるようにじっと哲平を見つめている。哲平はカメラを下ろし、視線を逸らせた。

「牧村、俺はもう行くわ」

「あ、はい、お疲れさまです」

もともと、哲平は史貴の担当ではない。何か向こうの取材に必要で、演説を聴きに来たのだろうと、牧村は気にも留めていないようだった。

哲平は高橋の取材のために社用車を走らせる。

高橋の来社予定時刻よりも十分早く、哲平は例の工場に到着した。駐車場に車を停めて降りようとしたとき、胸ポケットの携帯が音を立てた。

「哲平？」

耳に当てた携帯から聞こえてきたのは史貴の声だった。

「ああ」

そう頷くだけが精一杯だった。自分のしたことを思えば、史貴にどんなに責められても何も言えない。

「昨日、一日待ってたんだ」

史貴は一言も責めずに、いつもと変わらない口調で言った。

史貴を無理やりに抱いた記憶はまだ生々しく、史貴の前に出せる顔などなかった。どんな言い訳や謝罪の言葉も思いつかない。ただ嫉妬に駆られて、長年の想いを果たしてしまった。

「何か俺に言うことはないのか？」

史貴が静かに尋ねてくる。

「お前、今、どこにいる？」

「事務所の外」

演説の後、史貴はまっすぐ事務所に戻ったらしい。事務所内では誰に聞かれるかわからない。人に聞かれたくない話なのは哲平も同じだ。

「俺の話を聞いてくれるのか？」

「聞かせてほしい」

どんな理由があったとしても、哲平のしたことは許されることではない。それでも史貴は闇雲に哲平を責めはしなかった。ただ理由を聞きたいと告げる史貴に、哲平はもうこれ以上隠してはおけないと覚悟を決めた。

「何時でもいい。ホテルに戻ったら部屋に来てくれ。直接、会って話したい」

哲平はそう告げた。

長年の想いを告白して、それでもう二度と本当に会えなくなるのだとしたら、せめて最後は顔を見ておきたい。

「わかった。なるべく早く帰れるようにする」

史貴が先に電話を切った。哲平は少し遅れて電話を切ると、携帯の画面に表示された時計を見つめる。

午後三時半。史貴がホテルに来るまであと何時間だろう。十年以上もかかって言えなかったことを、その何時間かで言葉を探し、打ち明けなければならない。

哲平は誰もいない車の中で、一人頭を抱えた。


その日の夕方だった。バイトがあるからと先に帰ったはずの伊藤が、真っ青な顔で白い紙を握りしめて事務所に走り込んできた。

「大変です」

伊藤は息を切らせて史貴にその紙を差し出す。

「これ…」

史貴は言葉を詰まらせた。

「どうしたんですか、先輩」

久本が近づいてきて、史貴の手元を覗いた。今度は久本が息を呑んだ。

「久本さん、どういうことなんですか?」

詰め寄る伊藤に、久本は顔面を蒼白にして答えられないでいる。

ビラには久本が写っている写真が大きく載せられていた。久本だけの写真なら問題はない。写真には久本が男に茶封筒を手渡しているところが写っていた。もちろん、写真だけでは封筒の中身はわからない。だが、写真の下に添えられた文面が問題だった。

『現金で票集め。汚い選挙運動の実態』

見出しのようにこう大きく書かれた一文の後に、久本の実名こそ出ていないものの、史貴の運動員であることや、人目を避けて会っていたことなどが書かれている。

「これ、どこに?」

史貴は伊藤に尋ねた。

「俺んちのポストに。母親が見つけて大騒ぎですよ。信用してたのにって。だから、俺、大河内さんはそんな人じゃないって言って、これ持って家を飛び出してきたんですけど」

伊藤はチラッと久本を横目で見た。大河内は信用しているが、久本まではわからないということか。

「久本」

史貴は静かに呼びかけた。このビラに書かれていることは真実だろう。デタラメなら久本はもっと憤るはずだ。高校時代から史貴を知っている久本が、史貴が不正を好まないことを知らないはずがない。

史貴の声に責めるような響きを感じたのか、久本は何も言わず、悲痛な面持ちで史貴を見つめている。けれど、史貴はそれ以上、なんと言えばいいのかわからなかった。

久本はドアに向かって後ずさりし始める。

「久本さん」

呼び止める伊藤の声を無視して、久本は事務所を飛び出していった。

その態度で、事務所にいた誰もがこのビラが真実であると気付いた。

「大河内さん、どうするんですか?」

久本の後ろ姿を見送っていた史貴に伊藤が尋ねた。

「こんなのばら撒《ま》かれたら選挙どころじゃないですよ」

「そうだね。これが本当なら連座制で俺も罪になるんだ」

「連座制ってなんですか？」

横にいた新井が問いかける。

「選挙違反に関しては、候補者が知らないところで行われたことでも、その罪は候補者にも及ぶってことだよ」

「そんなのってないです。大河内さんは何もしてないのに」

新井が泣きそうな顔で言った。

「俺、ビラを回収してきます」

「俺も」

どれだけばら撒かれたかわからないビラを回収するために、学生たちは事務所を飛び出していく。それに入れ替わるように慌てた様子で次々と後援会の人間がやってきた。

「大河内さん」

塩谷の顔も真っ青だった。

「もうご存じなんですね」

「うちの町内は全部入ってました。もう回収しましたけど、正直動揺が広がってます」

そう言って塩谷は事務所内を見回す。

「久本くんは？」

「飛び出してっちゃったんです」

新井が答えた。

「ということは、事実だということですか」

塩谷は溜息をつくと、

「さっき電話したんですよ。迫田《さこた》さんに」

迫田とは塩谷の知り合いの選挙経験者のことで、選挙活動の最初の三日間だけ実際に史貴の事務所に来てくれたが、さすがにそれ以上仕事を休んでもらうのは申し訳なく、その後の戦い方だけを教わって帰ってもらった。

「こういうことは珍しくはないらしいです。相手候補をおとしめるために、投票日直前に悪評を流すんだそうです。事実かどうかは関係なくて、悪い噂が立つだけでも充分だって言うんですけど、事実となれば」

塩谷は先の言葉を呑んだ。

「久本が一人でこんなこと思いつくはずがないと思うんです」

史貴はビラを見たときに感じた違和感を口にした。

「入れ知恵した人間がいるってことですか？」

史貴は頷いて、

「これだけはっきりと写真が撮られてるっていうのもおかしくないですか？」

「確かに言われてみれば」

塩谷も写真を見ながら頷く。他の後援会員も一様に同意している。

「真横からっていうのは手元をいちばんはっきりと写せます。でも隠し撮りでこれだけのベストポジションをキープするのは難しいでしょう」

「この写真を撮るために久本くんは利用されたんですね」

「たぶん」

塩谷の言うように選挙戦でよくあることなら、仕組まれたものだとみて、まず間違いないと史貴は判断した。

「相手の男もグルってことですよね？」

新井が確認を取るように言った。

「それはないでしょう」

答えたのは塩谷だった。

「大河内さん、この男をご存じですか？」

「いえ。塩谷さんは?」

「知ってます。本局の郵便局長ですよ。あまり評判のよくない男ですが、定年まではまだ何年か残ってます。久本くんが渡せる額ならたいしたことはないでしょうから、それで人生を棒に振るほど馬鹿じゃないと思うんですよ」

確かに史貴を陥れることを誰かに頼まれたとしても、現職局長がその地位を棒に振ってまで、得られる見返りはあるだろうか。

「誰か二人を唆《そそのか》した奴がいる?」

「そう考えたほうが自然ですね」

塩谷の言葉にはどこか、久本への同情があるような気がした。

「だったら、その人を捜して本当のことを言わせましょう」

新井が気色ばんで言った。

「もし見つけ出せたとしても、本当のことなんて話さないだろうね。それに」

史貴は自分を取り囲む心配げな人々を見回し、

「その人を捜したところで、一度出回った写真は消えません。だったら、その人を捜す時間を他のことに使いましょう」

「他のことって?」

新井が問い返す。

「今までどおり、地道な選挙活動です」

「でも、それじゃ」

「少なくとも今日までの運動で、相手陣営を脅かすまでになったってことです。こんな嫌がらせを受けるほどに、まったくの無名の私たちがですよ」

史貴の言葉を誰もが黙って聞いている。

優しげな顔立ちと穏やかな物腰で誤解されがちだが、史貴は負けん気が強く、めったなことでは弱音を吐かない。

初めは不安そうにしていた後援会のメンバーも、そんな史貴の態度に落ち着きを取り戻した。史貴についていけば大丈夫、史貴にはそう思わせるだけの力があった。

「でも、当然、まったく影響を受けないとは言えないでしょう。明日からは今まで以上に頑張らないとなりません」

「私、もっと友達を呼んできます」

新井が真っ先に史貴に答えた。

「ありがとう、お願いします」

「それじゃ、私らも電話攻勢かけますか。友人知人に親戚、同窓生、思いつく限りに」

「お願いします」

今にも増して忙しくなる。

なるべく早く帰ると言った哲平との約束は守れなかった。


哲平はホテルの自分の部屋でテレビもつけずに、ただ史貴がこの部屋のドアをノックするのを待っていた。どうやって想いを伝えればいいのか、言葉はまだ見つかっていない。一昨日の言い訳すら見つからない。

哲平の携帯が鳴り始めた。着信表示は水野の名前だった。

「ヤバイことになってんぞ」

哲平が電話に出ると、水野は開口一番そう切り出した。

「ヤバイ?」

「中傷ビラってのかな、それが撒かれてた」

水野は自宅に投げ込まれていたという、チラシの内容を哲平に説明した。

「これって、公職選挙法違反とかになるんだろ?」

「それだけじゃ、証拠能力はないいな。中身が何かは本人にしかわからないんだ。両方がとぼけりゃそれまでだ」

「警察は動くのか？」

「いや、動いたとしても終わってからだな」

「それでもシキがますます不利になったってことには変わりはないか」

最初から圧倒的に不利な状態での選挙戦だった。今でも当初よりはという程度にしか差は縮まっていない。それがこのビラのせいで振り出しに戻った。

「その写真の男、誰だかわかるか？」

「本局の郵便局長だ」

「よく知ってたな」

「税務署員は何かとな」

水野がよくわからない答えを返す。

「久本が頼んだのは票の取りまとめってとこか」

哲平は呆れたように言った。

「そんなことができるのか？」

「昔はな。久本も誰に聞いたのか、今時そんなヤバイことに手を貸す局長なんかいねえっての」

「でも金を受け取ってんだろ？」

「金だけもらってばっくれる。よくあることだ。誰が誰に票を入れたなんて、本人以外わかりっこねえんだからな」

額の多い少ないにかかわらず、こういった選挙違反は後を絶たない。摘発されるのはその中のほんの一部で、中には対立候補双方から賄賂《わいろ》を受け取る奴もいる。

「嫌な世界だな。そんなとこにシキを行かせてもいいのか？」

「あいつが望むんなら俺が邪魔する理由はない」

「シキの意思を尊重するってか。けどな、シキだって間違った道を選ぶことはあるだろ」

「間違ってても、あいつは自分の選んだ道を後悔はしない。次は間違わないようにしようと、前向きに生きていける奴だ」

史貴には人間として尊敬できるところがたくさんあった。邪な想いだけでなく、尊敬できる友人として哲平は史貴を誇りに思っていた。

「それより、この時期なら税務署もそれほど忙しくねえんだろ？」

「まあな」

「だったら、有休とって史貴を手伝ってやれ」

「おいおい、自分ができないからって勝手に決めんなよ」

水野の声に苦笑が交じっている。

「お前、史貴がいなかったら高校を卒業できなかったんじゃなかったか?」

「痛いトコ突いてくれるよ」

高校二年の夏、校則で禁止されていたバイクで事故を起こし、退学寸前になった水野を、史貴が嘆願署名を集めて助けたことがあった。水野がそれを忘れるはずがない。

「わかった。明日から休み取ってシキんとこ行くよ。どうせ行くつもりだったしな。他にも都合つけられそうな奴を片っ端から集めりゃいいんだろ?」

「察しがいいな。頼んだぞ」

哲平は電話を切ってから携帯に表示された時刻を確認した。いつの間にか十時を過ぎていた。おそらく、今日はもう史貴は来られないだろう。こんな騒ぎが持ち上がっては、プライベートなことに割く時間などないに違いない。

水野には言わなかったが、これは仕組まれたものに違いない。今まで選挙に関心のなかった久本が一人で思いつくとは考えられない。

事実はどうあれ、騒ぎがこれ以上広がらないように抑えておく必要がある。

哲平は支局に電話し、郵便局長の電話番号を聞き出した。そして、局長宅に堂々と新聞社を名乗って電話する。

「おかしなビラがばら撒かれているのをご存じですか?」

「そのことですか。私も迷惑してるんですよ」

既に他の誰かから電話があったのか、局長の声にはうんざりとした響きがあった。

「それでは、あの茶封筒の中身をお伺いしても？」

「あれは逆で、私が久本さんにお渡ししてたんです。中身は振替口座の申請書類ですよ。郵便局に行く時間がないとおっしゃったので、私がお持ちしたんです」

確かにあの写真を見る限りでは、どちらが渡してどちらが受け取ったのかは判断しづらい。局長もそう判断しての嘘だろう。

「間違いないですね？　今、嘘をつかれると後々不利になりますよ。新聞社を欺いたとなればさらに評判は落ちますからね」

「神に誓って嘘は言っておりません」

哲平は局長の答えにニヤリと笑った。

これで封筒の中身がなんであれ、局長が口を割ることはない。この写真で局長も自分が騙されていたことを知ったはずだ。これ以上、自分の身が危なくならないよう、口を閉ざすだろう。裏で二人を操っていたのが誰であれ、自ら名乗り出て封筒の中身は現金でしたとは言えない。後は一度広まった悪評をどう払拭するかだ。手段を選ぶつもりはない。同じようなビラを作ることは容易だが、それでは史貴が作ったとみられ、クリーンさが損なわれる。

哲平は土佐のことを思い出した。一度は史貴に断られたが、巻き返す可能性があるとしたら、もう土佐に頼る他ない。

哲平はテーブルの上の手帳に手を伸ばした。挟んであった名刺を見ながら、土佐の事務所に電話をかける。

「夜分遅くすみません。毎朝新聞の中垣と申します」

「毎朝の中垣さん？」

電話の向こうで土佐が記憶を辿っているのが哲平にもわかった。土佐と直接会ったのはたった一度だけしかない。土佐が覚えていなくても仕方のないことだった。

「ああ、確か去年の参院選のときにお会いしましたね」

土佐の記憶力は並外れていた。名前だけならともかく、会った時期まで覚えている。

「そうです。そのときに一度お話を伺いました」

「今は誰の選挙にも関わっていませんが」

「承知してます。そのうえでお願いがあってお電話させていただきました」

「おもしろそうですね。お聞きしましょう」

哲平は今までの史貴の戦況と今回のビラの件まで詳しく説明した。

「S県の補欠選挙ですか」

「この選挙、どうみます？」

哲平は選挙のプロに状況を判断してもらう。

「このままですと、民政党が議席を守ることは間違いないでしょう」

土佐の見方も哲平と同じだった。

「土佐さんのお力でなんとかなりませんか？」

「なんとか、なるかもしれません」

「本当ですか？」

即答した土佐に哲平は驚いて問い返した。

「大河内史貴候補に興味が湧いて調べていたんですよ。彼の経歴なら、それを生かした作戦があります」

「お願いできますか？」

「いいんですか？　マスコミの人間が片側だけに肩入れして」

「バレなきゃいいんです」

「おっしゃいますね」

土佐の声が笑っている。

「それに、いざってときの覚悟はできてます」

電話の向こうで土佐が口笛を吹く。

「そこまで肩入れする理由を聞かせてもらえたら、この話、引き受けてもいいですよ」

交換条件にしては、土佐にメリットがなさすぎる。単なる興味本位でもこれくらいで引き受けてもらえるなら哲平にこの条件を拒む理由はない。

「大河内史貴は、俺がこの世でいちばん大事な奴なんです」

哲平だけの気持ちなら、土佐が誰に喋ろうが史貴に迷惑はかからない。

「いい答えです。気に入りました」

「それじゃ」

「お引き受けしましょう。明日にでもさっそく行かせてもらいます」

「ありがとうございます」

哲平は史貴の事務所の詳しい場所を説明して、電話を切った。


もう日付が変わろうとしていた。

「今日はもう帰りましょう。今日で終わりじゃないんですから」

史貴が促すと、ようやく運動員たちも腰を上げた。

「大河内さん、送りますよ」

声をかけてきたのは塩谷だった。いつもは久本が帰る途中だからと車で送ってくれていた。

「大丈夫です。反対方向じゃないですか。それに、この中でいちばん近くに帰るのは私ですよ」

徒歩でも充分に帰れるホテル暮らしをしている史貴は、塩谷の申し出を丁重に断った。今は誰もが精一杯の状態だ。少しでも運動員の負担は減らしたかった。

全員で一緒に事務所を出て、それぞれがバラバラの方向に帰り始める。いつもと違い重い足どりのみんなの背中を寂しい気持ちで少しだけ見送り、史貴は一人逆の方向に向かって歩きだした。史貴のホテルだけがみんなの家とは反対方向に位置していた。

月明かりとまばらに立つ街灯を頼りに、すれ違う人も誰もいない真夜中の街を史貴は歩いていく。ホテルの近くまで来たとき、通り道にある公園の前に人影が見えた。近づくにつれ、その人影ははっきりとした姿を現し始める。

「久本」

史貴は驚いて足を止めた。

事務所から逃げ出した久本は、その後自宅にも戻っていないようだと、久本の近所に住む運動員が教えてくれた。

「話を聞いてください」

久本は切羽詰まった表情だった。

「いいだろう、聞こう」

史貴は公園の中に久本を促した。話の内容を考えれば人けのない場所を選ばざるを得ない。真夜中の公園には誰もいなかった。

「どうしてあんなことをしたんだ？」

史貴は公園の中を歩きながら尋ねた。

「中垣先輩が帰ってきたから」

思いがけない久本の答えに、史貴は足を止めた。

「それと今度のこととどんな関係があるんだ」

「ずっとそばにいなかったのに、それなのに、シキ先輩は俺よりも中垣先輩を信じてた。頼りにしてた。中垣先輩は何もしてくれないのに」

哲平が見えない場所で史貴を支えてくれていることを、久本は知らない。

「もし当選すれば、シキ先輩は中垣先輩のいる東京に行ってしまう。東京に行かせたくなかったんです」

「お前、俺を落選させるために こんなことを仕組んだのか？」

「落選すれば、シキ先輩はずっとここにいてくれる」

久本は口調はどこか譫言《うわごと》のようだった。史貴に聞かせるためというより、自分自身の言葉に酔っているかのようにも見える。

「そんなことのために」

史貴のために何十人もの運動員が連日、走り回ってくれている。その苦労はともに過ごした久本もわかっているはずだった。

史貴の口から失望の溜息が漏れた。

「そんなこと？　俺のシキ先輩への想いはそんなことなんですか」

久本が史貴の両肩をきつく掴んだ。そして、そのまま近くの木に史貴の体を強く押しつける。

「……っ…」

史貴は頭を打って、ほんの一瞬だけ意識が遠のいた。その隙に久本に地面に押し倒され、シャツを捲り上げられる。

「久本っ…」

意識を取り戻した史貴は、久本の肩に手をついて押し返そうとした。

「これ、誰が付けたんですか？」

久本の視線に晒された史貴の肌には、情事の痕をにおわせる赤い印がいくつも散らばっていた。哲平が残した痕は、簡単には消えそうにないぐらい、色濃かった。久本の言葉と視線に、史貴もそれに気付き言葉を詰まらせる。

「中垣先輩ですか?」

「違う」

「じゃ、他の誰にこんなことさせたんですか?」

史貴は首を横に振るだけで答えられない。

「中垣先輩とはいつから?」

「そうじゃない」

久本の手が赤い印を確かめるように肌をなぞる。

「やめろ」

史貴は手を振り上げて、久本の頬を殴った。けれど、押し倒された状態では、ダメージを与えるほどの力はなかった。

「中垣先輩には殴りかかったりしなかったんでしょう?」

哲平の名前を出せば史貴の動きが止まると思っているのか、久本はわざと哲平の名前を何度も口にする。

「最初、中垣先輩は事務所に来たときに言ってましたよね。マスコミの人間だから公平にって。こんなことしてるのに?」

久本がクッと喉を鳴らして笑う。

「シキ先輩との関係を新聞社に密告したらどうなると思います？」

「お前、何考えて…」

「俺にもさせてくださいよ。そうしたら黙っていてあげます」

ジャーナリストになりたいと、初めて打ち明けられたのは高校生のときだった。哲平は夢を掴んだ。その夢を壊すことは史貴にはできない。

史貴の手は力なく地面に落ちた。

久本が剥き出しになった史貴の胸に舌を這わせる。史貴が嫌悪で鳥肌を立たせていることにも気付かず、久本は夢中で史貴の肌を貪っている。そして、貪りながら、史貴のベルトを外し、ファスナーを下ろした。

史貴の中心が外気に晒される。

「こんなところまでキスマークですか」

哲平が太腿の付け根にキスをしたことは、はっきりと記憶に残っている。

「俺たちの前でお偉いことを言いながら、裏ではさんざんお楽しみだったわけだ」

久本が中心を握った。

「痛っ……」

「ああ、すみません。中垣先輩はもっと優しかったですか?」

言葉だけで謝りながら、久本は史貴を嬲る手を止めない。

嫌悪だけが感じられる動きを、哲平は目を閉じて堪える。

「俺の手は気持ち悪いだけってことですか」

まったく反応を示さない史貴に、久本はじれたような声を出した。

哲平に触られたときには、自分の体はどうにかなってしまったのかと思うほど、過敏な反応を示した。体はすぐに熱を持ち、快感で震えるのを止められなかった。心だけでなく体ですら哲平を焦がれていたのだと、こんな状況下で気付く。

「目を開けて俺を見てください」

久本の願いを、史貴は首を横に振って拒絶する。

「俺を見てくれないなら、今のこの姿、携帯で撮影して中垣先輩に送りますよ」

哲平には見られたくない。史貴は反射的に目を開けた。

「中垣先輩の名前を出したらイチコロですね」

久本が自嘲気味に笑う。

「今から気持ち悪いだけの男に犯されるところをしっかり見ていてください」

久本は史貴の脚に手を掛け持ち上げた。

哲平は史貴の事務所に向かいながら史貴の携帯に電話する。史貴が今、どうなっているのか心配だった。

呼び出し音は鳴るものの、史貴の声は聞こえてこない。

公園に差しかかったときだった。呼び出し音が耳に当てた携帯以外からも聞こえてきた。哲平は嫌な予感がして、足早にその音に近づいていく。

「何やってんだ」

視界に飛び込んできたのは、久本にのしかかられ肌を露わにした史貴の姿だった。一瞬にして理性が弾け飛んだ。

「久本、てめえ」

哲平は久本の襟首を掴んで史貴から引き離し、地面に突き飛ばした。久本は尻餅をつくように土の上に転がる。哲平はその背中を思い切り蹴りつける。久本がくぐもった声を上げた。それでも構わずに哲平は何度も蹴り続ける。

「やめろ、哲平」

史貴の制止の声に、哲平はようやく足を止める。

「いいんですか、俺にこんなことして」

久本はよろよろと体を起こしながら言った。

「ああ？　何ふざけたことぬかしてんだ」

「あなたたちの関係、バラしてもいいんですか？」

哲平は史貴を振り返った。乱れた衣服から覗く素肌には、哲平が付けた痕がいくつも色濃く残っている。久本が感づいても不思議はなかった。

「やってみろよ」

「哲平」

史貴が慌てた声で止めようとするのを、哲平は無視する。

「俺も史貴もすべてをなくすかもしれない。でもな、お前だけ無事になんていさせやしねえよ。お前だけじゃない、お前の家族まで全部、この街にいられないようにしてやるさ」

哲平の険しい声と表情に久本が息を呑む。

自分の立場などどうでもよかった。史貴を守ることもできないのなら、自分の存在に価値などない。

「お前に俺たちと心中する勇気があんのか？」

哲平はさらに冷たく突き放す。

久本は何も言わなかった。何も言えずに、二人の前から走り去った。

「大丈夫か?」

哲平は地面に座り込んだままの史貴に手を差し出す。

「あ、ああ」

史貴はその手を掴み立ち上がった。

「もう大丈夫だと思うが、送っていこう」

そう言ってから哲平は自嘲して笑う。久本と同じことをしたのはほんの二日前のことだ。

「俺が言うセリフじゃなかったな。一人で帰れるか?」

史貴が首を横に振った。

「まだ足が震えてる」

「掴まれ」

哲平は腕に掴まれと、右腕を史貴の前に出した。

「悪い」

史貴は素直に震える手で哲平の腕に縋《すが》った。

二日前には親友だと思っていた男に犯され、そして今日は未遂だったとはいえ後輩に襲われた。

いくら気丈な史貴でも正気を保つのは難しいだろう。そうでなければ自分を犯した男の腕に縋るはずがない。

ホテルまでの短い道のり、哲平は何も言わなかった。今の史貴にどんな言葉を伝えても余計に混乱させるだけだ。

ホテルに着き、哲平が二部屋分のキーを受け取ったときには、史貴は一人で歩けるようになっていた。

それでもエレベーターまでは一緒になる。

史貴が先に乗り込み、その後に続いた哲平が八階と九階のボタンを押す。その間もどちらも何も言わなかった。

エレベーターが八階で停まる。けれど、史貴は外に出ようとはしない。

「おい。着いたぞ」

哲平が促すと、史貴は哲平の腕を掴んだ。

「もう少しだけ、一緒にいてくれないか」

史貴の声が震えている。めったに見せない史貴の弱い姿に、哲平の心が騒ぐ。できることなら望むだけ一緒にいて励ましてやりたい。けれど、史貴の甘美な体を知った今では、こんな史貴を見て、何もせずにいられる自信がなかった。

「お前、俺に何されたか、もう忘れたのか？」

わざと嬲るような言葉を投げると、史貴の顔にサッと赤みが差した。それでも史貴は哲平の腕を放さなかった。

「今、一人でいたくないんだ」

「俺を部屋に呼ぶってことは、どうなるかわかってんのか？」

脅すように言っても、史貴の手は離れなかった。

誘われているとしか思えなかった。そして、そう思ったとき、哲平は行動に出ていた。史貴を抱き寄せ、唇を奪う。

「んっ……」

史貴は甘い息を漏らす。この間は拒まれるのが怖くて唇を合わせることができなかった。

エレベーターの扉が閉まり動きだす。すぐに九階に着き、哲平は史貴を引きずるように連れ出し、自分の部屋に引き入れた。

もう一度、ドアのすぐ内側で口付けを交わす。

キスの激しさで力の抜けた史貴を部屋の中央に連れていく。

哲平はベッドの縁に腰掛け、目の前に史貴を立たせた。されるがままの史貴を見ていると嗜虐《しぎゃく》的な気分になってくる。

「どうなるかわかってて俺を引き留めたんなら、脱げよ」

史貴は戸惑ったように視線を泳がせ、それからゆっくりと服を脱ぎ始めた。ジャケットはすぐに脱げた。シャツのボタンを外すのに震える指が邪魔したが、それもなんとか終わり、足下には史貴が脱ぎ捨てた服が山になっていく。

「下もだ」

史貴が手間取っても哲平は手を貸さなかった。史貴が自分から抱かれるために服を脱ぐ。そんな夢のような光景に哲平は酔っていた。

時間をかけて一糸まとわぬ姿になった史貴が、哲平の前に立っている。史貴は羞恥からか哲平の視線を避けるように俯いた。

哲平の喉が思わず鳴ってしまったのも、史貴には気付く余裕もないだろう。

哲平は目の前に立つ史貴の胸に手を伸ばす。突起に触れると史貴の体が震えた。哲平はさらに顔を近づける。

「待ってくれ」

史貴が哲平の肩を押し返した。

「今さらだろ」

「そうじゃない。さっき久本に……」

公園で久本に襲われていた史貴。最後まではされていなかったようだが、どこまで久本に許したのか、哲平はカッと頭に血が上る。

「風呂に行けよ。久本の唾液を洗い流してこい」

露骨な言い方に史貴は唇を噛んで下を向いた。

「早く」

哲平が再度促すと、史貴は重い足取りでバスルームに向かった。ドアを開け、中に入るとすぐに内側から閉める。当たり前の行為なのに、拒絶されているように感じて、哲平はそのドアを開けた。

「哲平」

バスタブの中でシャワーの下に立った史貴が驚いて振り返る。

ただシャワーを浴びているだけなのに、その姿は扇情的で哲平を熱くする。

哲平は洗面台に置いてある小さな石鹸《せっけん》を手に取った。

「洗ってやるよ」

「いい、自分で…」

哲平はシャツが濡れるのも構わず、石鹸を手のひらに載せ、シャワーの下の史貴の体に這わせた。

「あ……」

敏感な史貴の体が反応する。

「赤くなってるな。舐められたのか？」

史貴は答えない。哲平は答えを促すように石鹸の角で突起を突く。

「…な、舐められた…」

史貴は羞恥で全身を赤く染めながら答える。

「両方？」

「右…だけ…」

「じゃ、こっちは？」

哲平は左の突起を親指と人差し指で摘まむ。

「…舐められてな…い」

「でもこうやって弄くられた？」

哲平は擦り摘まみ上げ、突起を赤く色づかせていく。

史貴は震えながら頷いた。

「どっちがよかった？」

史貴は首を横に振る。

「よくなかったって？」

史貴は頷く。

「こんなになってんのに？」

哲平は石鹸の滑りを借りて、左手を下にずらした。中心の昂ぶりは隠しようがなかった。

「…ぅん…」

根本から包み込むように柔らかく握ると、史貴は堪えきれない切なげな息を漏らした。

「ここも触らせてたな」

哲平は石鹸を持った右手も下に滑らし、裏側を石鹸の角で擦る。

「やっ…」

史貴は咄嗟に哲平の右手首を掴んだ。

「なんだ、催促してるつもりか？」

哲平は石鹸を投げ捨て、手首を掴まれたまま裏から握り、早い動きで史貴を扱いた。空いた左手はまた胸へと戻る。

「あぁ…あっ…」

二カ所を同時に攻められ、史貴の熱い声が快感を訴える。

「俺があれだけ出してやったのに、足りなかったのか？」

「そう…じゃない…」

絞り出すように言った史貴に、

「それじゃ、回復力が早いのか」

哲平は先端から滲み出た先走りを指の先に付け、それを史貴の目の前にかざした。

「ほら、もう出てきた」

史貴は顔を背けることで目を逸らした。

「見なくても自分の体のことはわかってるよな」

哲平はその指を今度は後ろに近づけた。

「こっちは？」

閉ざされた窪みに指の腹を当てると、史貴は体を震わせた。

「さ…触られてない」

「本当か？」

指先で突くと、史貴は体をふらつかせ浴室の壁に手をついた。自然と腰を突き出す形になり、細い腰が哲平を誘う。

シャワーの湯が史貴の背中を伝い、尾てい骨を辿って哲平の指を濡らす。哲平は伝わる湯ごと指を突き入れた。

「あぅ…っ…」

中は変わらずに狭く、哲平の指を締め付ける。

「本当みたいだな」

「だから…」

たぶん、史貴の言葉の続きは「だからそう言った」と訴えるつもりだったのだろう。それがわかっていながら、哲平は言葉を遮り、

「だから物足りなかった？」

「違……あっ…」

哲平は指を奥まで突き刺した。

史貴は腕だけでなく頭も壁に押しつけ、体を支える。ますます腰を突き出していることに気付く余裕はない。そうしなければ立っていられないようだった。

前を愛撫することで史貴の気を逸らしながら、哲平は二本目の指を差し入れた。

「くぅ…っ」

狭いながらも二本目の指も呑み込まれていく。

「一回でも経験があると違うもんだな。気持ちいいことを覚えてるから、嬉しそうに俺の指を銜え込んでる」

「そんなことっ…」

史貴が言葉を途切れさせた。哲平の指が前立腺を突き、その直接的な刺激に史貴は崩れ落ちそうになる。

「おっと」

哲平は史貴の腰に手を回して支えた。

「まだイクなよ」

哲平は指を引き抜くと、スラックスのファスナーを下ろした。バスルームに響くその音を、史貴が首を曲げて確かめ、哲平が引き出した自身の大きさに息を呑んだ。

「わかってるだろ。これがお前の中に入るんだ」

哲平はバスタブを跨ぎ、右足をその底に下ろすと、縁を跨いで座った。そして、掴んだ史貴の腰をその上に引き落とした。

「ああっ…」

哲平のモノを一気に呑み込まされて、史貴が悲鳴を上げる。

まだ早いと思ったが、哲平の我慢が限界だった。史貴を視線で言葉で、そして指で嬲るうちに、哲平の中心ははち切れそうなほどに張りつめていた。

史貴の腰を掴んで上下に揺する。

「…っ…はぁ……あっ…」

水音と混じって史貴の熱い喘ぎがバスルームに響く。

史貴があられもない姿で自分の腕の中で悶えている。理性など保てるはずがなかった。初めて史貴を抱いたとき、二度と会いたくないと思われるほど嫌われるようなひどい抱き方をした。それでも史貴は哲平の前から逃げなかった。弁解も謝罪もしない哲平を、自ら求めるようにその腕を掴んだ。もっとひどいことをしなければ史貴は離れてはいかないのか、それとも何をしても許されるのか。答えがわからないまま、哲平は現実の史貴の体に溺れた。

「も…う…、お願…い…だから…」

腕の中の史貴が苦しげに訴える。

「イキたい?」

史貴はわかっているなら早くと何度も頷く。

「今日は手を縛ってるわけじゃない」

哲平は史貴の耳元で囁いた。

「イキたかったらいつでもイケよ」

哲平は史貴に自慰を強いた。できないと史貴が首を横に振る。

「イキたいんだろ?」

史貴はおずおずと中心に手を伸ばした。一度触れてしまうと、後は早かった。哲平に突き上げられながら、史貴は自身を解放するために手を動かす。

長い付き合いでも史貴が自分を慰めている姿など一度も見たことがなかった。哲平の興奮はさらに高まり、動きが激しくなる。

「やっ…あ…あああっ……んっ…」

史貴が大きく体を震わせて自身を解放した。哲平もその後を追うように史貴の中に熱い迸《ほとばし》りを放った。


史貴はぐったりとして指一本動かす気になれなかった。そんな史貴の体を哲平が持ち上げ、自身を引き抜く。

「……っ……」

引き抜かれる感触に鳥肌が立ち、支えのなくなった史貴の体はバスタブの底に崩れ落ちる。その拍子に史貴の中から哲平が注いだ証が溢れてきた。史貴はその感触に身を震わせる。

「どうした？」

史貴の様子をじっと見つめていた哲平が問いかける。

「…なんでもない」

史貴は俯いたまま震える声で答えた。

「中出ししたからな。気持ち悪いんだろ?」

見透かしたように哲平が言った。その直接的な表現にいたたまれなくなる。

「洗ってやるよ」

哲平が座り込む史貴の腕を掴んだ。

「い、いい」

史貴の拒絶も力の抜けた状態では意味をなさない。引き上げられて、ふらつく体をバスタブの外の哲平に抱き留められる。

「しっかり掴まってろよ」

そう言うなり、哲平は史貴の右脚の膝裏に手を入れ持ち上げた。バスタブの縁に足を置かれ、また残滓が溢れてくる。

「やぁ…」

史貴は羞恥から顔を隠すために哲平の肩に顔を埋めた。

「ひあっ…」

哲平がシャワーの湯をそこに当てた。指を中に入れ掻き回すたびに、シャワーの音に交じって卑猥な音が史貴の耳を犯す。

「もういい…、もういいから」

「まだ残ってる」

史貴の訴えを無視し、哲平の指はさらに史貴の中を抉る。

「あ……んっ…」

指先が前立腺に触れた。

シャワーの湯と哲平の指に、史貴は二度目の絶頂を迎えた。

ぐったりとした体を哲平が抱き上げ、ベッドに運ぶ。横たえられて史貴が見上げた哲平の顔は苦しげだった。

「ごめん」

思わず口をついて出ていた。哲平が驚いたような顔で史貴を見つめる。けれど、哲平は何も言わずに視線を逸らせた。

「すぐに出てくから」

史貴はなんとか体を起こしたが、どうしても動きが緩慢になる。

「寝てろ。俺は支局に行く」

「こんな時間に?」

「さっきは行く途中だったんだ」

視線を逸らせたまま答える哲平に、史貴はすぐに嘘だと気付いた。哲平はすぐには動けない史貴を気遣って、自分が出ていくと言ってくれている。

哲平は既にドアに向かって歩いていた。

「哲平」

史貴はドアノブに手を掛けた哲平を引き止めた。

「今日のは俺が望んだことだから」

史貴の言葉に、哲平の背中がビクッと震えた。けれど、哲平は振り返ることなく何も言わずに部屋を出ていった。

史貴の言葉に嘘はない。この部屋に来たのは史貴の意志だ。自分から服を脱いだのも強制されたからじゃない。

哲平がまた自分を欲しがってくれたことが嬉しかった。

もし哲平がずっと自分を想っていてくれたのだとしても、一度抱いてしまえば男の体に失望したかもしれない。想いも冷めたかもしれない。

そんな思いが、哲平の口から謝罪や弁解を聞くことを拒んだ。けれど、哲平はまた史貴を欲しがってくれた。言葉ではなく体で、史貴は哲平の想いを受け止めた。哲平も自分と同じ気持ちでいてくれる。淡い期待は確信へと変わった。

投票日まで残り七日

翌朝、史貴の事務所に水野が土佐を連れて現れた。

「手伝いに来たぞ」

「仕事は？　今日は平日だぞ」

「有休取ったんだよ。お前の一大事に、俺たち同窓生が手を貸さないわけにはいかないだろ。他の奴らもそのうち来るぞ」

「ありがとう」

史貴は水野に礼を言ってから、

「それで、こちらの方は？」

「前に言ってたろ。選挙の名参謀だ。今までに何人も国会に送り出してるって強者《つわもの》だ」

「はじめまして、土佐と申します」

そう言って軽く頭を下げた土佐は、史貴よりも年上に見えるが、年齢を感じさせない雰囲気があった。眼鏡を掛け、知的な感じをさせながらもどこか飄々《ひょうひょう》とした印象を受ける。

「水野」

史貴は水野の腕を掴んで土佐から引き離すと、

「前に断ったはずだろ」

小声で水野に訴える。

「そんなこと言ってられる状況か？　それに頼んだ人ってのはもう帰ったんだろ？」

「それはそうだけど」

「報酬のことなら心配しなくていい。面白そうだから格安で引き受けてくれるってよ」

まさか哲平が足りない分を払ってくれたのでは、そんな不安が史貴の顔に出ていたのか、

「ホントだって。疑うんなら本人に聞いてみろよ」

水野にそう言われて、史貴は土佐に改めて近づいていく。

「率直に言って高額の報酬をお支払いすることはできないんですが」

「ええ、わかってます。学生のアルバイトよりは高いかもしれませんが」

土佐が提示した金額は、充分に史貴にも支払える金額だった。

「本当にこれで引き受けていただけるんですか？」

「ちょうど暇を持て余してたんです。選挙が趣味なものですから、選挙があると聞けば首を突っ込みたくて仕方ないんです」

史貴は土佐の真意を探ろうと、掴みどころのない土佐の顔をじっと見つめた。結局、答えは直感で出すしかなかった。

「お願いします」

史貴は土佐に頭を下げた。

「承知しました」

土佐は満足げに笑うと、

「それでは話も終わったところで」

土佐が手を叩いて事務所中の注目を集めた。簡単な自己紹介の後、

「今日を含め、選挙戦は残り一週間です。綿密な計画を立てる必要があります」

史貴たちは皆黙って土佐の言葉に耳を傾ける。

「まずは昨日ばら撒かれたというビラの件ですが、見た人間の反応は半信半疑といったところのようです」

土佐はいつからこの街に来ていたのか、既にある程度のことは知っているようだ。

「ですので、ここは一つ派手なことをして、中途半端な悪評は払拭しましょう」

「どうやって？」

「大河内さん、少しでも関わりのあるところで、有名人、誰かいませんか？」

「有名人？　身内には特にそんな人は」

土佐の突然の質問の意味がわからず、史貴は困惑しながらも答えた。

「いるだろ」

　口を挟んだのは水野だった。

「俺の弟」

「でも、俺は顔を見たことがあるくらいで」

「悠司《ゆうじ》のほうはよく知ってるって」

「失礼、悠司さんっていうのはセリエA《アー》の水野悠司選手のことですか？」

「そう。それが俺の弟で、大河内の高校の後輩」

　水野悠司はセリエAで活躍する、日本屈指のプレイヤーだ。史貴の母校を全国大会に導いたのは、悠司がいたからで、高校卒業後、すぐにプロ入り、三年前からイタリアの有名チームに移籍し、今も活躍が新聞を賑わす人気選手だった。日本人サッカー選手としてはいちばんの知名度だろう。

「いいですね。応援演説に呼べませんか？」

「ちょうどいいタイミングで、今日本にいるんだ。すぐに手配する」

「大丈夫なのか？　忙しいだろ？」

「お前のためだって言えば、取材の一つや二つ入ってても、すっとばして飛んで来るよ」

「まさか」

「マジで。サッカー馬鹿だったアイツが高校を卒業できたのは、お前が頑張ってくれたからだって、感謝してんだよ。お前が生徒会長だったときの在校生で、お前に感謝してない奴っていないんじゃないかな」

成績第一主義の理事長の出した方針で、赤点を三つ以上取った生徒は、補習もなしに留年、しかも留年は一度しかできない。サッカーだけしかしてこなかった悠司は、補習なしに進級できたことはなかった。そんな悠司が卒業できたのは、史貴たち生徒会の力で理事長の極端な方針を改善させたからだった。

「ということは、しらじらしい原稿を用意しなくても大丈夫ってことですね」

「いけるんじゃないか。アイツは人前に立つことにも慣れてるし、インタビューも腹が立つくらいにそつがないだろ？」

「確かに」

一挙一動が取りざたされるスター選手、悠司に向けられるカメラやマイクは数えきれないほどだ。それでも、悠司はそれらにいつも愛想良く応えていた。

「すぐにお願いできますか？」

「まだ寝てる時間だな」

水野は腕時計を見て、

「今から電話で叩き起こすか」

携帯を取り出し、ボタンを操作する水野を史貴たちは固唾《かたず》を呑んで見守る。

「俺だ」

悠司は電話に出たようだ。水野はほとんど悠司に口を挟ませず、一方的に事情を説明している。

「オッケーだな？」

水野は悠司の答えを待って頷くと、土佐に向かって、

「いつでもいいって言ってます」

「お願いします。今日の午後の街頭演説に間に合うように来てもらえますか？」

「来させます」

水野は再び電話に向かって悠司と話している。

「動員力ですか？」

史貴は土佐に尋ねた。応援演説に有名人を呼べば人を集められるというのは、史貴にも考えつくことだ。

「確かにそれもあるんですけどね」

土佐は悪戯っぽく笑い、それから急に声を潜める。

「有名人は人気商売じゃないですか。だから、悪いイメージのある候補者の応援なんてしないで

しょう？　それが進んで応援演説に来るとなれば、相当クリーンなんだと思われます。しかも昔からの知り合いとなれば余計にです。金で頼まれた応援演説なんて誰も信用しませんからね」

「でもそれじゃ、私に何かあったとき悠司くんのイメージが」

「そんなことは知りません」

「土佐さん」

「冗談です。あなたは悪いことのできる人じゃない」

「初対面ですが」

「私にあなたを紹介した人がいます。その人のことは少なからず知っていますが、今の自分の立場をなくしてでもあなたの応援をしたいと言っています」

もう史貴の頭には哲平しか浮かばなかった。哲平はいつでも史貴のことを考えてくれていた。

哲平と話がしたい。

史貴は土佐との打ち合わせの後、わずかな時間を見つけて事務所の外から哲平に電話をかけた。

昨日は結局、ちゃんとした話はできなかった。

「ありがとう」

電話に出た哲平に、史貴はまず礼を言った。

「なんの話だ？」

「土佐さんを紹介してくれたの、哲平だろ?」

「どっちに聞いた?」

「どっちにも聞いてない。でもわかるよ」

「俺は声をかけただけだ」

「声をかけたのが哲平じゃなければ、土佐さんは来てくれなかったと思う」

しばらく沈黙が続く。

「変な感じだな」

史貴は笑う。

「顔を見ないほうがちゃんと喋ってる」

再会してからこんなふうに会話したのは初めてだった。史貴は懐かしい気分になる。

「昨日」

史貴は思いきって話を切り出す。

「あんなことがなければ何を伝えてくれるつもりだったんだ?」

ビラ騒ぎがなければ、久本に襲われたりしなければ、史貴は約束どおり哲平の部屋を訪ねていた。哲平が電話の向こうで息を呑む気配がした。

「お前の顔を見て言うつもりだった」

短い沈黙の後、哲平が口を開いた。

「電話じゃなく、お前の目を見て伝えなきゃいけないと思ってた」

「電話でいいから。今聞きたいんだ」

史貴は先を促し、哲平の言葉を待つ。

「ずっと、ずっとお前のことが好きだった。離れていた間も、今も、お前のことを忘れたことはない」

「哲平…」

史貴は名前を呼ぶだけが精一杯だった。きっとそうなのだと、そうに違いないと信じていても、現実に哲平の口から直接聞かされると、体が震える。

「だからといって、俺のしたことを許してくれとは言わない。そんな虫のいいことを言える立場じゃないからな」

哲平は史貴の気持ちには気付かず、思いの丈を伝えてしまおうと言葉を続ける。

「お前に応えてもらおうなんて思ってない。ただ支えになりたいだけなんだ」

「そうやって、今までずっと支えてくれてたんだな」

「好きでしたことだ」

いつまでもこうして哲平の声を聞いていたい。けれど、それは時間が許さなかった。史貴の目に事務所から出てきた伊藤の姿が映った。

「大河内さん」

呼びかけた伊藤は、史貴が電話中だと気付くと、慌てて口を押さえた。

「呼んでるみたいだな」

伊藤の声は哲平にまで届いていた。

「ああ、うん」

「最後まで気を抜かずに頑張れよ」

懐かしい哲平の励ましの言葉に胸が熱くなる。

「ありがとう」

「じゃあな」

哲平が電話を切った後も、史貴はまだ電話を耳に当てていた。


水野悠司の応援演説は予想以上の効果をもたらした。

まず、補欠選挙ではあり得ない数のマスコミが駆けつけた。全国ネットのニュースからワイドショー、果てはスポーツニュースまで悠司の姿を撮そうと躍起になっていた。

悠司は遊説カーの上に立つと、堂々と観衆に手を振って応える。

「地元の皆さん、こんにちは。郷土が産んだスター、水野悠司です」

悠司の挨拶に黄色い声が飛び交う。スポーツ選手でありながら、若者のファッションリーダーとも言われ、ファッション雑誌に取り上げられることはしばしば、兄とは似ていない野性的な容姿はサッカーファンだけでなく女性の人気も集め、女性誌にもよく取り上げられていた。

悠司は隣に並んで立つ史貴を見ながら、

「大河内さんの人柄はこの俺が保証します。俺のマネージャーになってもらいたいくらいなんですが、それじゃ、国の損失になると泣く泣く諦めました」

いきなりそう切り出し、それから史貴の長所を次々と挙げていく。とても原稿なしで演説しているとは思えなかった。

「引退後は戻ってこようと思っています。そのときにこの街が暮らしやすい街になっているのかどうか、それはこの選挙に懸かっています。大河内さんが当選していれば、俺は安心してこの街に帰ってこられます」

そして、悠司は最後の言葉として、

「選挙権のなさそうな高校生もたくさん見に来てもらってますが、家に帰ったら必ずご両親に投票に行くように言ってください。もちろん、書くのは『大河内史貴』ですよ」

時には笑いを交えながら、悠司は堂々と演説を終えた。史貴の挨拶もその影響でいつもより大きい歓声で迎えられ、大盛況で終わった。

遊説カーを降りると、運動員たちも皆一様に興奮した顔になっていた。

「相変わらず嫌みな奴だな」

水野が弟の肩を拳で軽く叩いて迎える。

「俺のスピーチに文句があるって？　どうですか、シキ先輩」

二つ下の悠司とは在校中に直接話したことはなかったが、悠司はそんなことを感じさせないほど親しげに呼びかける。

「すごくよかったよ。ありがとう」

「ほら、兄貴」

悠司は得意げに水野に向かって胸を張る。

「そのそつのなさが嫌みだって言ってんだよ」

「妬むなって」

テレビと変わらない笑顔で悠司が水野の背中を叩く。

「俺は一度、事務所に戻るけど、どうする？」

水野が悠司に尋ねた。

「ついてく、と言いたいとこだけど、すぐに東京に戻んなきゃいけないんだ」

「なんだ、忙しいのか？」

「なんだか知らないうちに山ほど予定入れられてんだよ」

「そりゃ悪かったな」

まったく悪びれずに水野が口先だけで謝る。

「そんなに忙しいのに、申し訳なかったな」

代わりに史貴が謝る。

「全然。シキ先輩の役に立ててよかったです。俺でよかったらいつでも言ってください。シーズン中は無理ですけど」

悠司は爽《さわ》やかに笑って、それから東京に向かうために駅構内に消えていった。

「じゃ、帰ろうか」

史貴が合図を出すと、その間に警備を担当していたボランティアたちも撤収の準備を終わらせ、それぞれ車に乗り込む。史貴も遊説カーの後部座席のドアを開けた。

「宣伝効果はばっちりでしたね」

車の中にいた土佐が満足げな笑顔で史貴を迎える。

「いらしてたんですか？」

史貴は驚く。同行はしないと言っていたから、土佐は他に用があるのかと思っていた。史貴の後ろから車に乗り込んできた水野や伊藤も同様に驚いている。

「反応を知りたかったので、観衆に紛れて見てました。普段は選挙に行かない若者層が多かったでしょう？」

「そうですね」

街頭演説をしていても、二十代の若者が足を止めてくれることはほとんどない。それが今日は演説開始前から、悠司を一目見ようとたくさんの若者で駅のロータリーは埋め尽くされていた。

「あの中で実際に選挙に行こうと思ったのは半数にも満たないかもしれません。ですが、今日の映像は今日明日、テレビで流され続けるでしょう。活気に溢れる街頭演説。候補者は勢いがある、人気があると思われます。選挙に興味のなかった人も気になり始めます」

土佐がそこまで考えていたとは、史貴はまったく想像もしなかった。

「これで向こうがどう出るかですね」

「というと？」

「向こうの陣営は今回の選挙を楽勝だと思ってました。だから、頼まなかったんです。党首の応援演説を」

現在、与党である民政党の党首といえば総理大臣だ。議席を失いたくない党側からすれば、危ないから応援にと言われれば、何とか都合をつけてやってきただろう。だが、今からでは時間がなさすぎる。仮にも一国の首相のスケジュールを一日や二日前になって変更できるとは思えなかった。

「こうなると、党首を呼ばなかったことは余計にマイナスになってきます」

「なんで？」

水野が口を挟んだ。

「本当に余裕があるときは、見ている側も余裕があるから呼ばなかったんだと思います。でも、今の状況だと勢いのあるこちらのほうが有利に見える。そうすると素人目には見込みがないから党首も来なかったんだと見えてしまうんです」

「へえ」

水野は感心したように言った。

「てことは、かなりいい感じになってきたってこと？」

「そうです。この調子で残り一週間も頑張りましょう」

土佐の言葉に誰もが頷いて答える。

たった一週間ではなくまだ一週間もあるのだと、土佐の存在が力強く教えてくれていた。

哲平はあの神社で沢口を待っていた。そもそもの発端はこの場所だった。沢口に案内され二人きりで訪れたところを、たまたま史貴たちが目撃していた。偶然にしてはできすぎている。

「お待たせしました」

沢口が人気のない境内に姿を見せた。毎日のように顔を合わせているが、いつ見ても沢口の姿には隙がなかった。完璧に施された化粧に髪型、安物にはけっして見えないスーツは派手すぎず地味すぎずに陣営に華を添えている。

「お呼びたてしてすみませんでした」

「いえ、それでお話というのは」

沢口にしては珍しくわずかながら不安の色が瞳に宿っている。哲平に呼び出された理由が予測できないからだろう。

「久本とはいつお知り合いになったんですか？」

哲平は単刀直入に切り出した。

「久本さん？　どちらの方でしょう」

まったく考える様子も見せず、沢口は即答した。それが久本を知っているという証だった。

「大河内陣営の運動員の久本です」

「さあ、存じ上げませんが」

「それでは、話を変えますが、沢口さんは昔から政治に興味を持ってらっしゃったようですね」

意表をつかれたのか、沢口は一瞬、きょとんとした顔になる。

「東京の大学に通ってらしたときには、南原《なんばら》議員のウグイス嬢をされていたとか」

「え、ええ、社会勉強としてさせていただきました」

哲平は初対面のときの沢口の印象から、沢口には何か裏があるような気がして、取材の合間を縫って調べていた。生まれも育ちも高橋と同じ市だが、大学時代の四年間だけ東京にいた。その頃の話は、東京にいる仲のいい同僚記者に頼んで調べてもらった。

「じゃあそのときですか、いずれは自分も国会議員になりたいと思われたのは」

「何をおっしゃっているのか私にはわかりません」

誰にもその事実を指摘されたことはないのだろう。沢口は目に見えて動揺していた。

「高橋候補が議員になれば、自分の国会への足がかりができる。そう考えて高橋候補に近づいた。違いますか？」

「中垣さんは何か誤解なさってます。私はそんなこと」

「お友達は選ばれたほうがいいですよ。東京にいる友達だからって、どこからか話が漏れるかもしれない。度を超した自慢話は相手に不快感を与えるだけです」

哲平の同僚記者が捜し当てた沢口の友人は、いかに沢口が打算で高橋との結婚を決めたのか、ペラペラと話してくれたという。相当、沢口に反感をもっているようだとも言っていた。

「このことが知られれば、高橋候補との婚約はなかったことになるでしょうね」

「お話しになるんですか?」

沢口の声が震えている。

「あなたたちが結婚しようが別れようが、俺にはどうでもいいことです」

「じゃあ」

「代わりにあなたと久本が交わした約束を教えてください」

沢口が答えるまでに少しの時間がかかった。けれど、沢口に哲平が出した条件を断るすべはなかった。

「落選させたい、そう言ってました」

沢口は諦めたように口を開いた。

「あなたと会っているところを見せつければ、大河内さんは動揺するからと言って」

「それで、ここに俺を連れてきたわけですか」

沢口は頷く。

久本なら遊説カーがどの時間にどこを走るのか容易に知ることができる。それをあらかじめ

沢口に知らせておいたということか。

「ビラの件はあなたが考えたことですね？」

「動揺させたぐらいでは落選は保証されませんから」

開き直ったのか、沢口はあっさりと認めた。

「こんな裏工作をしたことが明るみに出れば、あなたの政界への夢は完全に断たれます。これ以上、余計なことをしなければ、まだその夢を見続けることができます」

哲平は事実を公表するつもりは欠片もなかった。史貴に非がなくても運動員だった久本が賄賂を渡したことは事実だ。史貴に累が及ぶことは間違いない。

「あなたは聡明な方だ。俺の言ってることの意味がわかりますね？」

このことに関して、今後は一切口を開くなと哲平は釘を刺した。そして、それは沢口に伝わった。沢口は項垂れるように頷く。

「そうそう、慣れない選挙戦で疲れが溜まってるんじゃないですか？　自宅で静養してみてはどうですか？」

哲平は暗にそうしろと沢口に迫る。もう何もできはしないだろうが、これを機会に下手に頭の切れる沢口を高橋のそばから遠ざけたほうが賢明だ。

「そうします」

すっかり気力をなくした沢口が、肩を落として境内から去っていった。

史貴を悩ませる余計なことは排除する。それしか哲平にできることはない。選挙戦も終盤だ。もう妨害工作もないだろう。

これからは史貴自身の力で戦い抜くしかない。史貴にはそれができる。哲平はそう信じていた。

投票日まで残り五日

塩谷たちが主催してくれた史貴を励ます会が終わって事務所に戻ると、新井が困った顔でスーツの上着を手にしていた。

「新井さん、どうかした?」

史貴は新井に近づき問いかける。

「これ、久本さんのなんです」

久本の名前はあれから事務所の中では禁句のようになっていた。誰もがあの事件はなかったこととして、忘れようとしていた。史貴も忘れたわけではなかったが、思い出すだけの余裕がなかった。だが、現実に久本の抜け殻を見せつけられて、史貴の表情は曇る。

「どうしたらいいですか?」

勝手に処分するわけにもいかないと、見つけた新井も困っているようだった。

「ご実家のほうに送り返しておけばいいでしょう」

史貴の代わりに土佐が答えた。

「本人がいなくてもご家族の方が受け取ってくれますよ」

「そうですね。そうします」

新井は早速とばかりに、久本の住所を探し始める。

「大河内さん、奥へ行きましょう」

土佐が何か話したいことがあるのだと史貴は気付く。先に歩きだした土佐の後に、史貴も続く。

「例のビラの件ですが」

史貴の部屋で二人きりになってから、土佐が話を切り出した。

「裏で糸を引いていたのは、高橋候補の秘書でした」

「あの女性の？」

「そうです。見た目にそぐわず彼女はなかなかのやり手で、手段を選ばないようなところも少しあるようですね」

土佐の口調は冷静そのものだった。

沢口が何をし、久本に何をさせたか、いつの間に調べていたのか、土佐は事件の真相を話してくれた。

「高橋候補本人は彼女のしたことを知りません。彼は二世にありがちな、育ちのいいだけのおぼっちゃまですからね」

「それで今、彼女は？」

「慣れない選挙戦で疲労が溜まったとかで、事務所には顔を出してないようです」

土佐がクスッと笑う。

「という建前で、どこかの記者さんにきついお灸をすえられたようですよ」

哲平だ。また哲平が史貴を助けてくれた。

ビラのことはずっと引っ掛かっていた。みんなには気にせずに頑張ろうと言ったが、投票が終われば警察の捜査を受けることもあるかもしれないと懸念していた。哲平がその懸念をなくしてくれた。

「哲平とはいつからのお知り合いなんですか?」

史貴はずっと聞けなかったことを尋ねてみた。

「会ったのは一昨年の総選挙のときに一度だけです」

驚くほどあっさりと、土佐は哲平の知人であることを認めた。

「それだけの関係で、俺の応援を引き受けてくださったんですか?」

「選挙が趣味だと言ったでしょう? それに、圧倒的不利な状況を覆すっていうのは、私のいちばん好きなパターンなんですよ」

冗談なのか本気なのか、土佐の飄々とした笑顔からは判断できなかった。

「それに『毎朝の中垣』といえば政界では有名な記者なんですよ。手強い質問をぶつけてくるやり手の記者だってね。そのやり手にそこまで肩入れさせる男を見てみたかったというのも、理由の一つです」

「俺は哲平にどうやって感謝を示したらいいんでしょう」

いつも哲平には助けられてばかりだった。

「いいんじゃないですか、何もしなくて」

「でも」

「彼はそんなことを望んでいないと思いますよ。それは私よりも長い付き合いの大河内さんのほうがご存じじゃないですか?」

土佐の言うとおりだ。哲平は見返りや感謝の言葉を期待する男でないことは、史貴がいちばんよく知っている。

「どっちにしろ、そういうことは終わってから考えましょう」

「そうですね」

選挙戦も残りわずか、今は精一杯戦うことだけを考えよう。史貴は笑顔で土佐に頷いた。

悠司の応援演説が盛況だったことは牧村から聞いた。哲平はそれでも土佐が肌で感じた戦況を知りたくて、土佐に電話する。

「そろそろ電話が来るんじゃないかと思ってましたよ」

すぐに電話に出た土佐は、含み笑いで言った。

「どうですか、戦況は」

「五分五分ってとこですね」

「すごいじゃないですか」

「五分五分じゃ駄目なんです。せめて六四にしないと、浮動票を当てにしているこっちは、当日の天気次第で大差をつけかねられません」

「今のところ、天気予報は晴れですが」

特定の政党を支持しない層は、何がなんでも当選させてやろうという気持ちはない。選挙当日雨でも降れば、わざわざ選挙に行こうとは思わない。土佐はそれを心配しているのだろう。

「あともう一押し。向こうの票を切り崩しておきたいですね」

「何か作戦が?」

「なければ、当選請負人なんて呼ばれてません」

土佐の言葉は自信に溢れていてた。

「そうそう、明後日、京都《きょうと》で学会があるんですよ」

「それが何か?」

急に話を変えた土佐を訝しく思いながらも哲平は先を促した。

「そちらの記者さんも取材に行かれると思いますが、そこで発表される論文の内容が、もしかしたら一面に載ることになるかもしれませんね」

哲平はすぐにそれが土佐の次の一手だと気付いた。

「お忙しいところ、お時間をお取りしてすみませんでした」

礼を言って電話を急いで切り上げ、すぐにまた電話をかけ直す。

「政治部の中垣です。青山《あおやま》、いますか？」

哲平がかけたのは毎朝新聞社会部のフロアーだった。青山は哲平より一つ下の後輩だ。

「はい、青山です」

「ちょっと教えてほしいんだが、明後日の京都の学会ってなんだかわかるか？」

「ああ、環境保全がテーマのやつですね」

「環境保全？」

哲平はその言葉に引っ掛かるものを感じた。

「どうかしたんですか？」

「いや、当日の論文に一面扱いになるようなネタがあるらしいんだが、何か聞いてるか？」

「マジですか？　誰もそんな情報を仕入れてないんで、支局に任せっきりですよ」

「だったら、今から論文の内容を調べてくれ」

「五人いるんですけど、全員の分を?」

「当然だ。他社に抜かれたいのか? このネタ、ものになるならお前にやるからすぐに調べろ」

「約束ですよ」

一面を飾るスクープをものにすることは、新聞記者にとっては何よりの憧れだ。青山が弾んだ声で電話を切った。この分ならすぐにでも折り返し電話があるだろう。

どんなネタだかわからないが、史貴の有利になることなら、土佐に踊らされようが構わない。土佐が思わせぶりに言ったのは、哲平を使って毎朝新聞を動かそうとしているのだろう。一面ネタと聞かされて動かない記者はいない。

「わかりましたよ」

青山が電話をしてきたのは三十分後のことだった。

「たぶん、これのことじゃないかと思うんですけど、T大教授が水質汚染の問題について発表することになってて、水質の基準値が今までのは間違っていたということを立証する内容らしいです」

「それだな」

哲平はすぐに納得した。

選挙前、史貴が関わっていた市民運動も水質汚濁の問題だった。

「でもこれだけだと他社を抜けませんよ」

「現実にその基準値が問題になって市民運動が起きてる」

「どこでですか？」

「俺の地元だ」

哲平は史貴が関わっていた市民運動について説明する。

「和解はしてるんですね」

「一応な。補償はこれかららしいが」

工場側はおそらくどこかに水質検査を依頼したのかもしれない。史貴の言う基準値が確証がないことだとわかれば、和解しようとはしないだろう。だが結果は問題があると出た。だから、早いうちに和解して、和解条件を低いラインに設定しようとしたのだと考えられる。

「研究結果だけじゃなく、実際それが問題になってる。いけるだろ」

「中垣さん、その市民運動の資料ありますか？」

「支局にはあるはずだ」

地方版の記事にはなっている。

史貴が市民運動に参加していたことは、水野から聞いてリアルタイムで知っていた。

「それ送ってもらえますか。俺は明日にでも京都に飛びます」

「いい記事書けよ」

「ありがとうございます」

哲平は電話を切ると、すぐに出かける支度をして、支局に向かった。

投票日まで残り二日

投票日を二日後に控えた金曜日、史貴は事務所に向かう前にホテルのロビーで新聞に目を通していた。四大新聞にはざっと目を通すことにしている。

「これ…」

各紙が京都の学会で発表された論文の内容だけ載せている中、毎朝新聞だけが一面トップに紙面の四分の一を割いて、史貴が関わった市民運動に絡ませている。選挙期間中だからか、露骨に史貴の名前を載せてはいないが、地元の人間ならわかるだろう。

史貴は急いで事務所に向かった。土佐がまた何か動いたのではと思った。

「おはようございます」

既に来ていた土佐が笑顔で史貴を出迎えた。史貴は挨拶を返し、奥の部屋に土佐を招く。

「今日の新聞なんですが」

二人きりになってから史貴は切り出した。

「ああ、ご覧になりましたか」

「これ、土佐さんが？」

「残念ながら私にそこまでの力はないですよ」

そう言う土佐の笑顔には何か裏があるように見える。

「学会がこの日に行われることは去年から決まっていたことです。宗内《むねうち》教授はかなり前から水質の安全基準値が間違っているのではないかと研究を続けていらした。大河内さんが市民運動に加わる前からです。それがこの時期に発表になったのは偶然です。天が味方したんでしょうね」

「毎朝新聞にだけ市民運動の件が載ってるのはどうしてですか?」

「それは毎朝新聞にその問題に詳しい方がいらしたということでしょう」

「哲平は政治部です」

「中垣さんと私が知り合いだとして、記事を書いてもらうように頼んだのだとしても、記事を載せる判断をするのは上の人間です。間違った記事や明らかに選挙運動の片棒を担ぐような記事を載せるはずがないでしょう」

「それはそうかもしれませんが」

哲平が史貴のために記者の立場を利用した。それはジャーナリストとしての哲平の信念に反することではないのか。

「誰に強制されたわけでもない。本人の意志ならそれでいいんじゃないですか?」

「でも」

「要はバレなきゃいいんです」

「そんな」

「本人がそう言ってるんだから、それでよしとしましょう」

土佐は名前こそ出さないけれど、あっさりと哲平が絡んでいることをバラした。そのうえで、

「彼の気持ちを無駄にしたくはないでしょう?」

見透かしたような土佐の言葉に、史貴は反論できなくなる。

「事実を言っているわけですし、これは世間に知らしめなければならないことです。それでもまだこのやり方には納得できませんか?」

「いえ」

史貴は気持ちを切り替えた。この事実を知らせるために運動を起こしたのが、今回の選挙に関わるスタートだったはずだ。

「それでは、早速ですが、テレビ局から取材が申し込まれてます」

「取材?」

「候補者としてではなく、いち早くこの問題に気付いた市民運動の相談役としての大河内さんにです。選挙に繋がるようなコメントはできません」

そんなコメントはしなくても、テレビを見ている選挙区の人間にはわかるだろう。名前を覚えてもらうこと、哲平が最初にくれたアドバイスがこういうときに生きてくる。真剣に見ていない

テレビでも聞き覚えのある名前が聞こえてくれば注意を払う。

『お前を支えたい』

哲平の言葉が頭の中に響く。そばにいなくても哲平は昔のように史貴に力を貸してくれている。

「取材、お受けしてもよろしいですか?」

「お願いします」

哲平が与えてくれた機会を活かさないわけにはいかない。

それから急遽、取材スタッフを迎える準備が始まった。既に選挙戦も今日を入れて二日しかない。分刻みのスケジュールをどうにか調整する。

慌ただしい取材だった。史貴だけでなく市民運動のリーダー、塩谷も取材依頼を受けていたということで、土佐のアドバイスで選挙には一切触れずにインタビューに答えていた。その内容は、その日の夕方のニュースで放送された。

ニュースではまず宗内教授の研究結果をグラフを使って示し、その後、教授のインタビュー、画面が切り替わって史貴たちの地元の海岸が映し出される。工場排水に含まれる成分が人間の体に与える影響について、さらに宗内教授が語る。そして、史貴の登場となる。

「大河内さん、テレビで見てもカッコイイ」

新井がうっとりした声を上げる。

「お前なあ、顔よりも内容に注目しろよ」

伊藤がたしなめる。

「顔も大事ですよ。ねえ、土佐さん」

「そうですね。印象のいい顔、悪い顔っていうのはありますから。その点、大河内さんは誠実な人柄が表れたいい顔をしてらっしゃいます」

テレビの中の史貴は真剣に熱く水質汚染について語っている。選挙区民でなければ、誰も史貴を候補者だとは思わないだろう。その後に出た塩谷も市民運動の大切さを語るにとどまっている。工場側のコメントはなかった。

「グッドタイミングでしたよね」

伊藤が言った。

「そうですね。これ以上遅くては意味がないし、一日早くても駄目でした」

「一日早いだけでも駄目なんですか?」

伊藤が納得できないと尋ねる。

「今日は金曜日。向こうが対抗して何かしようとしたとしても、例えば反論しようとしても、日曜までにマスコミを動かす時間はもうありません」

「そうか、今から頑張ってなんとかネタができたとしても日曜の朝刊じゃ遅すぎる」

「そういうことです」

土佐の狙いは見事に当たった。

夕方のニュースが放送された直後から、事務所に問い合わせの電話が相次いだ。中には、今からでも講演会を頼めないかというものまであった。選挙運動は明日を残すだけだ。講演会も一カ所を残すのみとなっている。それを土佐は急遽もう一カ所設け、新しい支持層獲得のためにスケジュールを調整した。

「泣いても笑っても、明日で終わりです。大河内さんには申し訳ないですが、最終日はそれこそ馬車馬のように働いてもらいましょう」

分刻みのスケジュールを史貴に突きつけ、土佐はニヤリと笑った。その笑みには自信が感じられる。史貴は土佐を最後まで信じてついていくしかない。

「私だけでなく、皆さんも後一日、最後まで頑張りましょう」

その日を締めくくる史貴の挨拶に、事務所中が歓声を上げて応えた。


哲平は住所を頼りに、水野に指定された店を探した。高校を卒業してから、地元にはほとんど戻ってきていない。哲平が生まれ育った街はずいぶんとさま変わりし、見慣れない店が何軒も建

ち並んでいた。

「よお、こっちだ」

店を見つける前に通りで水野と出会った。水野は立ち止まって哲平を呼ぶ。

哲平が近づくと、

「早かったな」

水野が歩きだしながら尋ねてくる。

「そっちこそ。遅くなるかもしれないって言ってなかったか?」

「と思ってたんだけどな、ここまできて俺がジタバタしても始まんねえかと。早い話、俺のすることはなかったってこった」

「なんだ、役に立ってないのか」

「俺の仕事はシキを励ますことだけだろ。最初から運動に関わってる奴らはすごいよ。何も知らなかったなんて思えないくらい、自信持って動いてる」

哲平は初日に見た事務所の雰囲気を思い浮かべる。あのときは素人の集団だった。土佐の力があったとはいえ、運動員一人一人にまで意欲を持たせたのは、史貴だからこそだろう。

「お、ここだ」

目当ての店の前で水野が足を止め、哲平を案内する。カウンター席とオープンになった座敷テーブルが三つ、それに襖《ふすま》のある小さな個室が二つの料理屋だった。

「奥、空いてる?」

顔なじみらしく、水野がカウンターの中に向かって声を掛ける。

「どっちも空いてるよ」

白い厨房着を着た板前が威勢よく答える。年頃は哲平たちと変わらないように見え、気さくな態度だった。

「じゃ、左を使わせてもらうわ。生中二つとつまみはなんか適当に見繕って持ってきて」

「了解」

水野は無駄な時間を省き、注文を済ませると慣れた様子で奥の座敷に上がった。哲平もその後に続く。ビールは二人を追いかけるようにすぐに運ばれてきた。

四人も座ればいっぱいになる小さな座敷に、哲平は水野と向かい合って座る。

「こっちに来て二週間以上経つっていうのに、やっとだな」

水野が半ば呆れたような口調で言った。東京から取材で帰ると電話をしたときに食事をしようと約束をしていた。けれど、その約束は、今日まで一度も果たされることはなかった。

「新聞記者とのプライベートな約束なんて、守られる確率は低いってことだ」

「偉そうに言ってんな」

二人は笑ってグラスを合わせる。

「しかし、手伝いに行って早々に悠司を呼ぶことになるとは思わなかったな」

「ずいぶん、派手にやってたじゃないか」

「見てたのか?」

「テレビでな」

各時間帯ごとに行われるニュースで、何度もその映像は流され、忙しく飛び回っていた哲平でさえ、目にしたのは一度ではなかった。

「お前が呼んだ選挙参謀、相当のやり手だな」

心底感心したような水野の声を聞きながら、

「まさか」

哲平はふと思いついた疑問を口にする。

「土佐さんは始めから悠司のこと呼ぶつもりだったのか」

ほとんど面識のなかった史貴とは違い、哲平は悠司とは何度か遊びに行ったこともある仲だった。悠司が帰国していたのは哲平も知っていた。けれど、それを土佐に伝えた覚えもなければ、そもそも悠司が後輩だということも教えた覚えもない。ないのだが、土佐の人を食ったような顔を思い出すとすべてが土佐の計算のように思えてくる。

「それこそまさかだろ。俺が行くって決めたのは前日だし、土佐さんと俺が顔を合わせたのはその日の朝だ。だいだい、お前が電話したのだって前日の夜だったんだろ？」

「そうなんだけどな。あの人ならそれくらいしでかしそうなんだよ」

「どっちにしても、誰も迷惑してないんだからいいんじゃねえの？　悠司も役に立てたって喜んでたし」

「そうだな」

土佐の行為が史貴にとってプラスになるのなら、裏でどんな計算がなされていようが、問題ではない。

「お邪魔します」

襖が開いて、仲居が料理が運んでくる。一度に数品が来たところを見ると、話の邪魔をしないようにという配慮がされているようだ。

仲居が去ってから、

「事務所の雰囲気、どんな感じだ？」

哲平は自分の目で確かめられないことを、信用できる水野の目を借りて確認しようと尋ねた。

「勢いがあるってのは怖いね。今日の昼間なんて、本人がいないのに事務所が人で溢れかえってた。向こうもそんな感じか？」

「いや、かなり焦ってるな」

高橋は親の地盤を引き継いだといっても、実績のない新人であることは変わりない。保守王国での大番狂わせは大いにあり得る状況になってきた。

「シキが国会議員ねえ」

ほんの一カ月前には想像すらしていなかった。それが現実になろうとしている。

「どうするんだ？　シキが国会議員になったら、政治部の記者としては付き合いづらいんじゃないのか？　取材ですらこんなに気を遣ってるぐらいだ」

「そんなことは当選してから考えるさ」

まだ史貴の当選が確実になったわけではない。当初よりも当選が見込める確率が上がっただけだ。哲平はそれを水野に伝える。

「確かにそりゃそうだ」

水野もすぐに納得して、

「そんな心配は当選してからすりゃいいことだ」

笑いながらグラスを傾ける。

「久本だけどな」

水野が思い出したように言った。

あの日以来、久本の姿を誰も見ていない。ビラの噂は、素早い回収と翌日の悠司の応援演説で、すぐに立ち消えとなった。

「大阪《おおさか》に行ったらしい」

「大阪？」

「お袋さんの親戚を頼って行ったんだそうだ。家族もビラのことは当然、知ってる。あのビラが撒かれたときは、嫌がらせの電話が鳴り続けたっていうからな。真実がどうであれ、このままここにいさせるには体裁が悪いってことなんだろ。久本んちは客商売だ」

選挙で人生を狂わせた人間を哲平はこれまでに何人も見てきた。だが、まさかこんな身近で見ることになるとは思わなかった。

「馬鹿な奴だ」

「大馬鹿だろ。なんとかしてシキの役に立ちたかったんだろうけど」

久本が賄賂を渡した本当の理由は、水野にも話していない。水野を信用していないのではなく、一度でも言葉にしてしまうとそれが広まってしまうような気がして言えなかった。

「それに関しちゃ、俺も何も言えない立場だ」

「お前は違うだろ。シキが望んでんだから」

水野は哲平の言葉を力強く否定した。

「俺ら同級生はわかってたんだよ。二人の間には入れないってことを。でも、一コ下のあいつにはそこまで見えなかった。ただ単純に、お前がシキを独占してるって思ったんだろうな。シキが望まなきゃお前はそばにいないのにな」

最後に見た久本の顔が思い浮かぶ。今にも泣きそうな顔をしていた。

「お前が動いてること、シキはちゃんと知ってるぞ。なんで、そこまで頑《かたく》ななんだ」

「お前、子供かわいいか？」

「急になんだよ」

四年前に結婚した水野には、今年二歳になる女の子がいる。ここ二年、年賀状は娘の写真だった。

「かわいいに決まってんだろ」

「史貴の子供もきっとかわいいだろうな」

哲平の言葉を水野が鼻で笑う。

「お前、頭堅すぎ。そんなんでよく新聞記者なんてやってられんな。結婚して子供ができりゃ、誰でも幸せになれんのか？　違うだろ？　お前も新聞記者なら毎日のように記事になってる虐待の事件を見てんだろうがよ」

「史貴はそんな事件を起こさない」

水野は呆れたように大げさな溜息をつく。

「シキの幸せはシキが選ぶ。お前が決めつけるもんじゃない」

「そんなことはわかってる」

「わかってねえよ。俺たちはみんなわかってたって言ったろ。お前ら二人は肉体関係のない恋人同士だって、俺たちはずっとそう思ってた。わかるか、それがどういうことか。端で見ててもお前らがお互いに惚れ合ってんのはバレバレだったってことだよ」

「勝手なこと言ってんじゃねえよ」

「いいじゃないか。シキがお前といることを望んでんなら、いっそ押し倒して既成事実でも作っちまえよ」

水野の言葉に、哲平はグッと言葉に詰まった。

「なんだよ、お前、まさか」

哲平の態度に、水野は驚いて目を開く。哲平は不自然に視線を逸らせた。

「クールぶってて、やることはやってんじゃねえか。それで何が今さら結婚だよ」

哲平は言葉を返せない。

「道理で史貴が余裕の態度なわけだ」

「余裕?」

水野の言葉の意味がわからず、哲平は問い返した。

「そうか、お前ここ数日会ってなかったか」

哲平は頷く。

「えらく落ち着いてた。久本の件があったばかりだとは思えないくらいにな。俺は駄目元で腹をくくったせいかと思ってたんだが、なるほどね」

「一人で納得してんなよ」

「あれだよ、あれ。愛されてる自信っての？」

「馬鹿言うな」

「馬鹿言ってると思うなら、実際に会ってみろよ。お前、いつ帰るんだ？」

「日曜の昼には東京に戻らなきゃいけない」

「結果、見ていかないのか？」

「その結果を受けて、民政党本部にコメントを取りに行くんだ」

「新聞記者ってのは忙しないな」

「そういう仕事だ」

そして、その仕事にずっと誇りを持っていた。けれど、忙しい日々を過ごすことに疑問を抱かなかった時期を過ぎると、記事をもっと深く掘り下げたいと思うようになった。ニュースの速報性はとっくの昔にテレビやラジオに抜かれている。ならば、読者に事件や社会問題を深く掘り下げて考える材料を提供するのが、新聞報道の生き残る道ではないのか。だが現実には日々の取材と締め切りに追われて、それをできずにいる。今の自分は本当の意味でのジャーナリストと言えるのか。日々、そんな思いが強くなっていた。

「帰る前には電話の一本でも入れとけよ」

「ああ、時間があったらな」

哲平はそうは答えながらも、自分が電話をしないことを確信していた。時間よりも何よりも、神経の張りつめた最後の時間を邪魔したくない。そういう思いも確かにある。だが、本当は史貴の答えを聞くのが怖かった。

投票日まで残り一日

「いよいよ明日ですね」

史貴の背中越しに声がかけられる。

「土佐さん、まだ残ってらしたんですか？」

「それはこっちのセリフです。まさかここで夜明かしするつもりじゃないでしょうね」

咎めるような声の響きに、史貴は笑って答える。

「ちゃんとホテルに帰りますよ」

「ならいいんです。肝心の候補者がよれよれのスーツじゃさまになりませんから」

土佐は最後まで選挙参謀として史貴を支えてくれる。

「本当に土佐さんにはお世話になりました」

史貴は感謝の気持ちを少しでも表そうと、深々と土佐に頭を下げた。

「まだ選挙は終わってませんよ」

「でも、選挙戦は終わりました。土佐さんのお力がなければここまで戦えませんでした」

「作戦は立てるだけじゃ駄目なんです。実行できて初めて意味がある」

そう言って土佐は楽しげに笑った。

「ここまで素人ばかりの陣営は初めてでしたが、楽しかったです。これだけ行動力のある活気溢れた事務所は日本中どこを探してもないでしょう。大河内さん、大いに自慢していいですよ」

土佐が事務所を見回すと、机の上に乗ったボロボロの電話帳を手に取る。スタッフが片っ端から電話をかけ、留守の家はまた違うスタッフが日を変えて電話をする。何度も捲られてボロボロになった電話帳は、選挙戦を戦い抜いたことの証だった。

「スタッフの一人一人が、みんなあなたに当選してもらいたいと心から思っている。誰も義務感や付き合いで参加してない。こんなことは選挙に関わるようになって初めての経験でした」

「私もみんなと出会えただけで、この選挙に出馬した甲斐がありました。こんな経験はしようと思ってもできるもんじゃない」

「その気持ち、忘れないでいてください」

「忘れません」

どんな結果に終わろうと、史貴のためにこれだけたくさんの人が力を貸してくれた。その事実はこれから先の人生の支えになる。

「私も、仕事を抜きにしても、本気であなたを国会に行かせたい。そう思いました」

「ありがとうございます」

温かい土佐の言葉に、史貴は心を癒される。当選請負人という名のとおり、緻密な計算で油断ならない人間のように見せているが、時折、仕事を感じさせない言葉をかけてくれた。史貴の人柄がそうさせるのだと史貴本人は気付いていない。

「さてと、そろそろ帰りませんか？」

土佐が壁の時計に目をやり、史貴もそれにつられて見ると、もう日付が変わっていた。二人はそれぞれ事務所内の電気を消して回り、出口に向かう。史貴がドアの鍵を閉めていると、

「明日が終わっても忙しいですから、休めるときに休んでおかないと」

土佐がその背中に話しかけた。

「どんな結果でもですか？」

史貴は鍵を閉め終えてから振り返る。

「どんな結果でも、です。いちばん大事なのはお礼回りですからね。勝敗は関係ありません」

選挙を何度も経験している土佐が言うのだから間違いないのだろう。すべてにおいて、大事なのは人との繋がり。今回の選挙は改めてそれを史貴に教えてくれた。

土佐は史貴と同じホテルに滞在している。二人はホテルまでの道のりを並んで歩きながら、

「当選したらまず何をしたいですか？」

土佐が世間話のように尋ねた。

まずしたいこと、そう問われて、真っ先に浮かんだのは哲平の顔だった。演説ではいくつかの

公約を掲げた。けれど、それは国会に行ってからでないと果たせない。その前にしておかなければならないことが史貴にはあった。

「言えなかったことを伝えに行きます」

「珍しい公約ですね」

土佐が少しだけ驚いた顔になり、それからすぐに納得したように頷く。

「これだけ忙しければ会う時間もありませんでしたからね」

土佐は誰にとは問わずに、話を続ける。

「ずいぶんと寂しい思いをされたんじゃないですか?」

「そんなことないですよ」

「本当に?」

「ええ。長いこと会いたくてもすぐに会える距離にいなかった。でも今は会おうと思えばすぐに会える距離にいる。そう思うだけで実際に会えなくても力が湧いてくるんです」

「羨ましいですね。そう思える相手がいるっていうのは」

目の前にホテルが見えてきた。史貴はまばらに電気のついたホテルを見上げる。この中に哲平がいる。

「日曜の夜には東京に戻られるそうですね」

土佐が依然として主語を抜かせた言葉を続ける。

「そうなんですか」

「お聞きになってないんですか」

「そういう話をする時間もありませんでしたか？」

再会してからというもの、二人きりの時間を過ごしたりもしたのに、互いの近況を報告し合うことすらなかった。

「当選すれば一年のほとんどを東京で暮らさざるを得なくなります。会う機会も話す時間も増えるでしょう」

「当選すれば、ですよね」

「当選するんです、あなたは」

土佐は力強く断言した。

「だから、あなたは最後まで自信を持って、みんなの前に立ってください」

「わかりました」

泣いても笑っても選挙戦はあと一日。後悔をしないために、最後まで諦めずに頑張ろうと史貴は明かりのついたホテルの窓を見上げて誓った。

投票日、そして開票

史貴にとって初めての選挙は終わった。

投票率七十パーセントという、補欠選挙としては過去にない数字を叩き出した選挙は、僅差《きんさ》で史貴に勝利をもたらした。

史貴は投票日は一日中、運動員やマスコミの中心にいた。そして、当選後はさらにその人の数は増えた。けれど、その中に哲平の姿はなかった。水野の話ではあくまで選挙期間中の助っ人だった哲平は、結果が出ると同時に東京に呼び戻されたのだという。

選挙から二週間、史貴は自分の時間など一切取れないほどの忙しさだった。そして、ようやく落ち着いた今日、史貴は東京にいた。

やっと自分の時間がもてた史貴は、真っ先に上京することを選んだ。あのとき言えなかった言葉を哲平に伝えるために。

新聞記者という時間に不規則な仕事をしている哲平が、何時なら部屋に戻るのかはわからなかったが、いなければ戻るまで待つつもりで、夜の七時に史貴は電話もかけずにいきなり哲平のマンションを訪ねた。

「お前、どうして」

インターホンにすぐに応えた哲平が、驚いた顔で史貴を迎えた。

「やっと落ち着いたから」

「入れよ」

哲平はドアを大きく開けて史貴を招き入れた。

「適当に座っててくれ」

史貴にそう勧め、哲平はキッチンに向かう。

「コーヒーでいいか？　インスタントだけど」

「ああ、うん」

史貴は初めて訪れた哲平の部屋を新鮮な気持ちで見回して、それから床の上に座った。

「綺麗にしてるんだな」

キッチンの哲平に向かって史貴は言った。なんの飾りもない殺風景な部屋だったが、きちんと整頓されている。

「ほとんど家にいないから、汚す暇もないってのが正直なとこだ」

哲平は両手にカップを持って、史貴の前にやってきた。テーブルの上にカップを置くと、テーブルを挟んだ史貴の向かい側に哲平も同じように座った。

「それで、今日は？」

「バタバタしてててちゃんとお礼も言えなかったから」

「お礼？」

「哲平が助けてくれなかったら、今度の選挙、当選は無理だった」

「勝手にしたことだ。最初は偉そうなこと言ってたのにな」

「バレなきゃいいんだろ？　哲平がそう言ってたって」

「なんだ、土佐さん喋ったのか。案外、口が軽いな」

「俺に言う分にはいいんだよ」

史貴が笑うと、哲平もつられたように笑い返す。

「そういや、俺もバタバタしてちゃんと言えてなかったな。当選、おめでとう」

「ありがとう」

当選が確定した直後から他の人とは何度交わしたかしれない会話を、今さらながらに繰り返す。

「それと、もっと大事なことを伝えに来た」

史貴はまっすぐに哲平を見つめる。

「あのとき言ってくれたこと、今も変わってないか？」

「お前を好きだと言ったことか？」

史貴は頷く。

「当たり前だ。そんな半端な気持ちで好きだなんて口にできるか」

哲平の口調にもう迷いはなかった。電話の声だけでも嬉しくて震えた。それが直接、面と向かって聞かされると涙が出そうになる。

「おい、史貴」

史貴が涙ぐんだのに哲平が気付いて、慌てた声を出す。

「ごめん。今まで気付かなくて」

「気付かせないようにしてたんだ」

「謝らなきゃいけないのはそれだけじゃない。俺もずっと自分の気持ちを隠してた」

「それは、期待していいのか?」

滅多に見せない哲平の緊張した顔に、史貴はフッと口元を緩める。

「ずっと哲平のことが好きだった。気付いたのは大学を卒業する間際になってからだけど」

「それじゃ、二回目にお前を抱いた後、お前が言ったのは」

哲平に二度目に抱かれたとき、史貴はそれは自分が望んだことだと哲平に言った。

「言葉で言ってくれそうになかったから確信したかったんだ。もしまた哲平が俺を抱きたいって思ってくれたら、哲平が俺を抱いてくれたら、哲平が俺を好きなんだって確信できる。卑怯だろ? 自分は何も言わずに哲平の気持ちだけを先に知りたがるなんて」

「それじゃ、俺のしたことを怒ってないのか?」

「混乱はしたけど」

史貴は顔を赤らめながら、

「でも嬉しかった」

哲平は二人を遮るテーブルを押しのけた。

「お前、明日の予定は?」

「議員会館と宿舎の下見に行くだけだけど?」

「これ以上、一緒にいると手を出さないでいる自信がない」

困ったように笑う哲平に、史貴はさらに顔を赤くする。

「哲平があんなに激しいとは思わなかった」

「何年お前のことを想い続けてたと思うんだ。たがも外れて当然だろう」

「それじゃ、今日はそんなに激しくならない?」

史貴は窺うように哲平を見上げる。

「優しくする。もうあんなひどいことはしない」

「ひどくなんてなかった。言葉はそりゃ、ひどかったけど、俺を傷つけるような抱き方はしてなかった」

哲平は史貴を抱き締めた。優しいキスを交わす。

「俺に嫌われようと思ってた？」

キスの合間に史貴が尋ねる。

「ああ。自分からはお前から離れられない。だからお前が俺の顔なんて見たくないと思うほどにひどくしたつもりだった」

「たぶん、そうだと思ってた」

「バレてたのか」

「哲平が俺のことよく知ってるように、俺も哲平のことを知ってるつもりだ」

「そうだな」

哲平の手が史貴の顎にかかる。

もう一度キスを交わす。今度は深く。史貴は哲平の背中に手を回し、深いキスを受け入れる。絡めた舌に応えようと息苦しさを堪える。

その間に哲平の手が史貴のシャツのボタンにかかる。哲平は一つずつゆっくりとボタンを外していく。長いキスが終わっても、ボタンはまだすべて外されてはいなかった。

「わざと？」

「何がだ？」

「慎重すぎないか？」

「もうシャツを駄目にしたくはないからな」

哲平が最後のボタンを外す。

「あとは自分でする」

史貴は妙な気恥ずかしさから逃れるようにシャツを腕から抜き取った。哲平はフッと笑って、自分もTシャツを脱ぎ捨てた。綺麗に筋肉の乗った上半身がまぶしく映る。

「どうした？」

史貴の視線を感じたのか、哲平が尋ねる。

「忙しいみたいなのに、体、鍛えてるんだな」

「体力勝負だから、時間を見つけては走ったりはしてる。下も見たいか？」

からかうように言われて、それでも史貴は素直に頷く。

「お前が見たいんならなんだって見せてやるよ」

哲平は立ち上がると、ジーンズを引き抜き、下着も脱ぎ捨てる。中心は形を変え始め、史貴を欲しいと訴えている。史貴の喉が鳴る。

「お前は？　見せてくれないのか？」

「もう何度も見てるじゃないか」

再会してから既に二度も哲平に裸身を晒している。

「何度だって見たいさ。見飽きることなんてない」

史貴は座ったままでジーンズを脱ぐ。哲平の視線を感じて、史貴の手は思うように動かない。

「手伝おうか？」

「い、いい」

史貴はなんとか下着まで取り去った。史貴の中心もまたこれから先を期待して形を変え始めていた。それを哲平に見られるのが恥ずかしい。

「なんか、今日のほうが恥ずかしい」

史貴は赤くなった顔を隠すように横を向く。

「今さら？」

「あのときは何がなんだかわからなかったから」

「今はわかる？」

哲平の指が史貴の胸をさまよう。

「は…ぁ…」

覚えのある感触に体が震える。

「お前、昔から物覚えよかったよな」

「な…に？」

「こうされると気持ちいいって、もう体が覚えてる」

哲平は指の腹で擦りながら埋め込むように押しつけた。

「うん…」

哲平は手を止めずに、顔を史貴の首筋に近づけ口づける。唇で舌で指で全身を愛される。愛していると教えられる。哲平は最初に言ったとおりに優しかった。

哲平が中心に手を伸ばし、優しく包み込む。

「あ、…俺も」

あまりにも哲平にされるがままで、何か応えようと史貴が哲平の中心に伸ばしかけた。けれど、その手を哲平に止められる。

「また今度な。今日は俺に全部やらせてくれ。今までの分も優しく愛したいんだ」

哲平の手の動きに煽られて、史貴の中心はすぐに硬く勃ち上がる。

「こうされると気持ちいい？」

耳元で囁かれながら、先端を爪で突かれる。

「ああっ…」

不意打ちの刺激に、史貴はあっけなく達してしまう。

「ごめん」

あまりにも早すぎたことを史貴は恥ずかしく感じながら謝る。

「どうして？　俺の手でお前がイってくれたことが俺は嬉しい」

哲平は史貴を床に押し倒す。

「まだいいよな？」

哲平の熱い瞳に、史貴は黙って頷く。

哲平は史貴の脚の間に体を進め、さらに史貴の腰を持ち上げる。背中を曲げ、哲平の眼前に中心をさらけ出す姿勢に、羞恥でまた中心が熱くなる。

哲平が史貴の股間に顔を埋めた。硬さを取り戻したそこを丹念に舐められる。

「また…俺…ばっか…り」

哲平はまだ一度も達していないというのに、史貴はまた限界まで張りつめている。

「俺はお前に触れているだけで感じる」

哲平はさらにその奥にまで舌を這わせた。ぬめった感触に鳥肌が立つ。

「やっ…、そんなとこ…汚…い」

「どこが？」

熱い息を吹きかけるように哲平が言葉を発する。

「あ…ん…」

「お前に汚いところなんてどこにもない」

哲平は指で押し広げて、舌を突き刺す。

「やめ……もう…」

前立腺を刺激されるような直接的な快感ではなく、ゾワッとする間接的な快感が続く。

「もう…いい、いいからっ…」

「入れてくれ？」

史貴はガクガクと何度も頷く。

「俯せになれるか？」

「嫌…だ」

「後ろからのほうがお前の負担が少ないんだ」

「辛くてもいいから、お前と抱き合いたい」

「史貴」

史貴と哲平は見つめ合う。

哲平は史貴の腰に手を添えて、自身を入り口に押し当てた。

「うっ……く…」

大きくて硬い昂ぶりが史貴を犯す。史貴は息を吐いて衝撃を堪える。

哲平は決して焦らなかった。ゆっくりと慎重に史貴を侵略していく。

すべてを埋め込まれるまで、ひどく長い時間がかかったような気がする。

「大丈夫か？」

苦しげな表情の史貴を気遣う哲平に、

「へ…いき」

史貴は笑って見せた。

「しばらくこうしていよう」

「平気…だから、……動いて」

史貴は両手を伸ばして、哲平の首に回す。史貴の中で哲平がさらに熱を持って大きくなったような気がした。

「いっ……あ…」

哲平が半分まで引き抜いた腰をすぐに打ちつけた。大きく揺さぶられ、奥深くまで哲平がめり込んでくる。その動きは何度も繰り返され、

「あぅ……はあ…っうん…」

ひっきりなしに声が漏れる。止められない。

霞む視界の中で哲平が切なげに眉を寄せている。

「哲平…」

史貴は哲平に手を伸ばし、その肩を引き寄せる。

抱き合いながら、二人は互いを解き放った。史貴は自分の中に哲平の熱い迸りを感じる。

史貴は肩で大きく息をし、哲平も額に滲んだ汗を手の甲で拭っている。

「悪い、中出しした」

哲平が自身を引き抜きながら言った。

「そういうことは言うな」

露骨な言葉に今までの行為を改めて思い知らされ顔が熱くなる。

哲平は史貴の腕を取って引き起こすと、

「後で洗ってやるから」

史貴の後ろに手を回す。

「いいか?」

直接的な二度目の誘いに、史貴は言葉ではなく口づけることで応える。

哲平の指が中に入ってくる。さっきまで熱い塊を受け入れていたそこは、すんなりと侵入を許してしまう。

「あ…ぅん…」

「すぐにでも入れてほしそうだな」

言葉で嬲られて哲平の指を締め付ける。

「待ってろ」

哲平は指を引き抜くと、史貴の手を握り、力を込めて半身を引き起こさせた。

「何？」

「こっちへ」

哲平は床に座った史貴の腰を掴んで引き寄せ、胡座《あぐら》をかいた膝の上に座らせた。

「や、ちょっと…」

今さらだが、互いに全裸でのこの体勢は気恥ずかしい。史貴は哲平の膝から下りようと哲平の肩を押した。けれど、逆に哲平に腰を掴まれて膝立ちにされる。

「ああっ…」

哲平の中心をめがけて腰を落とされた。自分の体重の重みで、より深く突き刺されて史貴は悲鳴を上げる。

「自分で動けるだろ？」

「そんな…」

「俺はこっちで忙しい」

哲平は目の前に現れた赤く色づいた突起に口づける。

「んっ……」

自分の中で熱く息づく哲平を感じながら、史貴の中心もまた二人の体の間で張りつめる。

「ずっとこのままでいるか？」

史貴は首を横に振ると、髪の先から汗が飛び散る。

史貴は哲平の肩に手をついて、ゆっくりと腰を上げた。突き刺した哲平の昂りに擦られて背中が震える。

「全部抜かなくていい」

哲平の言葉で史貴は腰の動きを止める。史貴の中にまだ哲平が半分近く残っている。

「自分でイイところに当ててみろ」

史貴は腰を落とした。

「あぅ…ん…」

自ら呑み込んだ深さに、史貴は背を仰け反らせる。

「そうだ。そのまま続けてみろ」

哲平に促され、快感で麻痺した頭がそれに従い始める。史貴はまた腰を上げた。繰り返す動きで自分自身を追い上げる。

「はあ…あ、…はあ…」

史貴の呼吸は荒くなり限界が近づいていることを哲平に教える。

「イキそうか?」

そう尋ねる哲平の声も限界を訴えていた。史貴は頷いて哲平の首にしがみつく。

哲平が史貴の中心に手を伸ばし、史貴は自ら腰を揺らめかす。一緒にいこうと二人の動きはリズムを合わせ始める。

「あ、…あぁ…っ…」

哲平の手に先端を擦られ、史貴は絶頂を迎えた。ほぼ同時に史貴の中を哲平が放ったものが濡らす。

史貴は力の抜けた体を哲平に預け、哲平はその体を強く抱きしめた。


哲平は幸せそうな顔で眠る史貴をじっと見つめていた。

あの後、汗まみれになった史貴の体を洗おうと風呂場に連れていき、そこでまた自制が効かずに史貴を泣かせてしまった。何度もイカされた史貴は風呂場で意識をなくし、哲平が抱きかかえてベッドまで運んだ。

史貴が自分のことを好きでいてくれてるのかもしれない。そんな予感がなかったわけではない。けれど、史貴が訪ねてきて打ち明けてくれるとは思ってもみなかった。史貴と結ばれ、ともに朝を迎えることなど、空想の中でしかできないことだと思っていた。モラルや常識よりも、自分を好きだと認めてくれた。幸せすぎてたがが外れた。優しくすると言ったのに、史貴を失神させるほど激しく抱いてしまった。それなのに、眠る史貴は幸せそうな表情をしている。

哲平はそっと顔を近づけ、軽いキスをした。それから、小さな声で呼びかける。

「史貴」

史貴が小さく身じろいで、ゆっくりと目を開けた。

「おはよう」

哲平は真上から見下ろして言った。

「おはよう。何時?」

史貴が寝そべったまま哲平に尋ねる。

「朝の八時だ。お前の予定を聞いてなかったからな。早いかもしれないと思ったけど、起こしてみた」

「ありがとう」

史貴はそう言ってから、何かを確かめるかのようにじっと哲平の顔を見つめた。

「なんだ？」

「今、キスした？」

眠っていてもわかるものなのかと、哲平はフッと笑う。

「ああ」

「もしかして、昔もこんなことなかったか？」

「覚えてるのか？」

哲平は驚き、一瞬にして過去の記憶が蘇る。一度だけ自分を抑えきれずに眠る史貴にキスをしたことがあった。もう十年近くも前の話だ。あのときの史貴は完全に眠っていたはずだった。

哲平は納得できない顔で史貴を見返す。

「確かに眠ってたんだけど、何か触れたような気はしてたんだ」

「今ので思い出したってことか」

「匂いが記憶を呼び覚ましたっていうのかな。あのときも今と同じようにお前の匂いがした」

「お前の匂い、か。なんかやらしい響きだな」

「馬鹿」

自分から言いだしたくせに、急に恥ずかしくなったのか史貴が頬を赤らめる。そんなさまにも愛おしさを感じる。

「何を今さら照れてんだよ。昨夜はあんだけ激しいことしたってのに」

「朝っぱらからそういうことは言うな」

史貴が照れて背中を向ける。哲平はその肩を掴んで仰向かせた。真上から史貴を見下ろし顔を近づけていくと、拗ねたような顔をしていた史貴は黙って瞳を伏せた。

今日二度目のキスは、深く互いを求め合った。

哲平が隙間から舌を差し入れると、史貴はそれを受け入れ絡めてくる。上顎を舌先でなぞると体を震わせながらも、史貴は両手を哲平の頭に回しより深く求めてくる。朝の挨拶のレベルを遥かに超えたキスに、互いの体が昂ぶってきた。

唇を離すと、潤んだ目をした史貴が哲平を睨む。

「朝から激しすぎだろ」

史貴が頬を上気させて甘い抗議をする。

「乗ってきたのは誰だったっけ?」

「それは、だって…」

史貴は言いよどむ。

「だって、なんだよ?」

「哲平に求められたら嬉しくなるんだからしょうがないだろ」

史貴は照れ隠しにか、怒ったように言った。

「な、時間、大丈夫か?」

哲平は熱い言葉で史貴を誘う。キスと、史貴の言葉に、昨日あれだけ求め合ったのに、また史貴が欲しくなった。

「俺は大丈夫だけど」

史貴も同じ気持ちだったらしく、熱い目で哲平を見つめる。

「お前は?」

史貴が気にしているのは哲平の仕事のことだ。平日の朝なら出勤の準備をしなければならないと思うのは当然だろう。

「これも言ってなかったな。辞めたんだ」

史貴の選挙戦の取材を終えて東京に戻った日、哲平はデスクに退職を願い出た。かなり説得はされたが意志は変わらなかった。

「辞めたって」

史貴の声から一瞬にして甘い響きが消えた。史貴は体を起こし、哲平と真正面から向き合う。

「新聞記者を?」

「ああ。もっとも辞めたって言っても引き継ぎがあるから完全に退職したわけじゃないんだが、今はまったく手つかずだった有休消化中の身だ」

「そんな、だって、ジャーナリストはお前の夢だったんじゃないのか」

「新聞記者だけがジャーナリストじゃない」

新聞記者として八年働いた。忙しい日々に充実感はあったが、自分の求めるジャーナリズムとは違うものも日に日に感じるようになっていた。

「前から誘われてたんだ。雑誌の契約社員って形になるんだが、今までよりも自由に取材ができる。確かに、大手新聞社の看板を背負っているからこそできる仕事もあるが、その看板が邪魔になることもある。なんの後ろ盾もない状態で、信念のままに真実を追究したいんだ」

「ずっと考えてたのか？」

「ああ、でも、決心させてくれたのはお前だ」

「俺が？」

「お前は懸命に選挙戦を戦っているのに、俺はどこかで妥協して記事を書いている。それじゃ駄目だと思った」

史貴に本気で向き合うためにも、全力で自分をぶつけられる仕事がしたい。

「哲平も新しい人生のスタートラインに立ったたってことか」

「お前と一緒にな」

哲平が笑いかけると、史貴も零れるような笑顔を返してくる。

史貴は体の位置を少しずらせて、哲平の肩に頭をもたれさせた。

「やっぱりこの肩じゃないと安心できない」

独り言のように呟いた言葉を哲平は聞き逃さなかった。

「当たり前だ」

「哲平?」

「俺以外の奴が肩を貸せないように、俺はずっとお前のそばをキープしてたんだ」

「いつから?」

「たぶん、出会ったときからなんだろうな。気付けばそれが当たり前になってた」

友情しか感じていなかったはずの子供の頃から、史貴のいちばんそばにいるのは自分だと、哲平は誰にもその場所を譲らなかった。そして、史貴はいつもその場所を空けてくれていた。

「俺にもそういうのあるよ」

「うん?」

「俺のことを史貴って呼ぶのは、家族以外に哲平だけだ。知ってたか? 俺、他の友達にはシキって呼んでくれって言ってたんだ」

「どうして?」

「哲平だけが特別だって思いたかったんだろうな。たぶん、出会ったときから」

「だったら、ずいぶんと遠回りしたもんだな」

出会ったのは小学生のとき、今から二十年以上も前だ。思いを伝え合うのにこれだけの長い時間を費やした。

「遠回りじゃなかったと思う」

史貴の声は柔らかく哲平を包む。

「今がこれだけ幸せなんだから、きっとこの時間は必要だったんだ」

高校生の頃に想いを打ち明けていれば、今こうして一緒にいられたかどうかわからない。史貴も受け入れられたかどうかわからないと思っているのだろう。

「お前の言うとおりだな」

哲平は史貴の肩を抱き寄せる。

「公約が果たせた」

史貴が満足げに呟いた。

「公約?」

「俺が心の中でした、お前だけへの公約」

「公約ってのは人に言うから公約なんだろうが」

「一つくらい言わない公約があったっていいだろ」

哲平が史貴の顔を覗き込むと、悪戯を思いついた子供のような顔で笑っている。その表情で、なんとなく公約の中身はわかったけれど、哲平は気付かないふりで、

「国会議員が国民にそんな不誠実な態度でいいのか？」

「マスコミに迂闊なことは喋れないからね」

史貴も負けずに切り返してくる。

二人は顔を見合わせて笑った。

「こういう対立は取材のときにしないか？」

哲平は史貴の肩を掴んで、

「ベッドの上では恋人同士がすることをしよう」

甘く誘うと、史貴は自分から顔を近づけてきた。

エピローグ

史貴は真新しいスーツに身を包んで、国会議事堂の前に立っていた。その周りをたくさんの取材陣が取り囲む。

今日は史貴の初登院の日だった。

補欠選挙を劇的な逆転劇で勝利した史貴は、今期国会の注目の的になっていた。

「今の心境をお聞かせください」

マイクが史貴に向けられる。

「もちろん、緊張はしています。私を支持してくださった皆さんの期待にどれだけ応えることができるのか、不安もあります」

史貴は真摯な態度で質問に答えていく。

「ですが、この議事堂を前にして、市民の代表として声を届けなければならないという使命感が改めて湧いてきました」

「昨夜はよく眠れましたか?」

別の記者がまた質問してくる。

「それが、秘書にネクタイの駄目出しをされて、考えてたら遅くなってしまいました」

史貴が照れ隠しに笑って答えると、記者の間からも笑いが漏れる。

史貴の秘書になったのは土佐だった。これから先、他の議員を生み出す手伝いをするよりも、国会の中での史貴の地位を高めていくほうが面白そうだと、当選後、土佐のほうから秘書にしてほしいと申し出があった。史貴にそれを断る理由はない。喜んでその申し出を受け入れた。

「今朝、ようやくオッケーをもらったネクタイをしてるんですが、大丈夫ですか？」

史貴は質問をした記者に質問を返した。同じ年くらいの記者は史貴に好感を持ったらしく、笑顔で、

「ばっちり似合ってます」

「ありがとうございます」

史貴が照れながら軽く頭を下げる。

「それでは、国会議員になっての目標をお聞かせください」

また別の記者から質問が飛ぶ。

「そうですね」

史貴は居並ぶ記者の顔を見回した。その中に哲平の姿がある。腕には硬派で知られる雑誌の名前の入った腕章があった。

「目標は公約を実現させることです」

史貴の目はまっすぐ哲平を見つめる。

哲平への公約は強い意志で果たすことができた。大切なのは必ずできると信じること。そう気付かせてくれた哲平が、今はそばで見守っていてくれる。

きっとできる。

史貴を見つめる哲平の目も、そう伝えていた。

あとがき

こんにちは、そして、はじめまして。いおかいつきと申します。

『覚悟をきめろ！』を手にとっていただきありがとうございます。できれば、そのままレジの方に持って行っていただけると、さらにありがとうございますです。

商業誌のお仕事をさせていただくようになって、まだ一年足らずなので、今までいちばん、とか言えるほど本は出ておりませんが、あえて言います。今回、今までいちばん苦労しました。第一稿から第二稿では半分くらいを書き直し、さらには、話の根本に関わるようなことも変更してみたりで、担当さまには本当にご迷惑をおかけしました。よくなるなら待ちますよ、との温かいお言葉に本当に待たせてしまいました。すみません。二度とこのようなことがないようにします、とは言い切れませんが、深く反省しております。いや、でも、その甲斐はあったと自分では思ってますが、どうでしょう。

ご迷惑を掛けついでと言ったら怒られそうですが、タイトルまで担当さまにお世話になりました。もともとタイトルを考えるのは苦手なんですが、一応、自分で考えたんですよ。でも、どうにもこうにもパッとしなくて、担当さまがタイトル案として挙げてくださった中の一つを、「これ、くれ」と言ったわけです。もちろん、実際は丁寧かつ控えめな言葉で言いましたが、要約するとこうなります。で、担当さまより使用許可を頂き、めでたく『覚悟をきめろ！』に決定です。ラッキー！　なんて言ってる場合ではないですね。すみません。次回こそは、ビシッと一発ＯＫをもらえるようなタイトルを考えたいものです。

さて、内容について。読んでいただいたとおり、選挙です。見事なほど自分に欠片も知識のないところから持ってきました。自慢じゃありませんが、被選挙権が何歳からかすら知りませんでしたから。投票も過去二回しか行ったことないですし。それでどうして書く気になったかというと、単に設定萌えしたからに他なりません。スーツ着て、白手袋して、たすき掛けて…。何かこうそそられませんか？　私だけですか、そうですか…。ちなみに受攻、どっちでも萌えられます。新聞記者はというと、私がなりたくてなれなかった職業です。なのでいつか出してやろうと狙ってました。こういうことを言い出すと、他にもいろんな職業の人を書かなきゃいけなくなるんですが、それはまたいつか機会があればということで。

今回、挿絵をして頂いた石原理《いしはらさとる》さま、本当に素敵なイラストをありがとうございました。ラフ画が送られてくるたび、どうですかとの担当さまの言葉に、いつも返事が遅れてたのは、キャライメージや服装について聞かれているのに、勢い込んで嬉しいですと答えてしまいそうだったからです。二人を非常に男前に描いてくださって、感謝感激でございます。

担当さま、……本当にすみませんでした。そして、ありがとうございました。何から何までお世話になりっぱなしで、担当さまがいなければこの本は出来上がらなかったでしょう。ますますもって頭が上がらないです。

そして、最後にもう一度。この本を手にしてくださった方へ、最大の感謝を込めて、ありがとうございました。

いおかいつき

リーフノベルズをお買い上げいただき
ありがとうございました。
この本を読んでのご意見、ご感想をお待ちしております。

〒144-0052　東京都大田区蒲田5-29-6
とみん蒲田ビル8F
リーフ出版編集部「いおかいつき先生 係」
「石原　理先生 係」

覚悟をきめろ！

2005年2月15日　初版発行

著　者――いおかいつき
発行人――宮澤新一
発行所――株式会社リーフ出版
〒144-0052　東京都大田区蒲田5-29-6
とみん蒲田ビル8F
TEL. 03-5480-0231（代）
FAX. 03-5480-0232
http://www.leaf-inc.co.jp/
発　売――株式会社星雲社
〒112-0012　東京都文京区大塚3-21-10
TEL. 03-3947-1021
FAX. 03-3947-1617
印　刷――東京書籍印刷株式会社

ISBN4-434-05650-6 C0293